中华
经典通识

《西游记》通识

竺洪波——著

中华书局

图书在版编目(CIP)数据

《西游记》通识/竺洪波著. —北京:中华书局,2022.7
(2024.9重印)
(中华经典通识)
ISBN 978-7-101-15732-1

Ⅰ.西… Ⅱ.竺… Ⅲ.《西游记》研究 Ⅳ.I207.414

中国版本图书馆 CIP 数据核字(2022)第 078556 号

书　　名	《西游记》通识	
著　　者	竺洪波	
丛 书 名	中华经典通识	
主　　编	陈引驰	
丛书策划	贾雪飞	
责任编辑	董洪波　贾雪飞	
封面设计	毛　淳	
责任印制	管　斌	
出版发行	中华书局	
	(北京市丰台区太平桥西里 38 号　100073)	
	http://www.zhbc.com.cn	
	E-mail:zhbc@zhbc.com.cn	
印　　刷	天津裕同印刷有限公司	
版　　次	2022 年 7 月第 1 版	
	2024 年 9 月第 4 次印刷	
规　　格	开本/880×1230 毫米　1/32	
	印张 8⅛　字数 120 千字	
印　　数	14001-18000 册	
国际书号	ISBN 978-7-101-15732-1	
定　　价	59.00 元	

编者的话

经典常读常新，一代有一代的思想，一代有一代的解读。"中华经典通识"系列丛书，邀请当今造诣精深的中青年学者，为读者朋友们讲授通识课。希望通过一本"小书"，轻松简明地讲透一部中华传统经典。

本系列丛书由复旦大学陈引驰教授主编，每本书的作者都是该领域的名家，他们既有深厚的学养，又长于深入浅出，融会贯通。每本书都选配了大量相关的图片，图文相生，能增强阅读的趣味性。

希望这套丛书，能成为人们了解中华传统文化的可靠津梁。

目　录

《西游记》何以成为经典？

《西游记》里，有不少关于三昧真火的故事。

三昧，是梵语 samadhi 的音译。作为佛学术语，它原本指的是一种佛教徒止息杂念、平静心性的修行方法。因为玄妙高深，后来又常常被用来指代事物的真谛、秘诀。如《华严经》介绍弥勒佛姓氏来历："初得慈心三昧，故名慈也。"——大肚弥勒姓慈。

在《西游记》中，三昧真火作为一门"核心技术"，在推动情节发展上起到了不小的作用，而大凡掌握这门核心技术的人物，无一不是大名鼎鼎。且看，太上老君用三昧真火炼出能"起死人而肉白骨"（即死人复生，白骨生肉）、令人长生不老的仙丹，从而确立起"天庭首席炼丹专家"的地位；在太上老君的八卦炉里，孙悟空用三昧真火炼就了自己的金刚之躯和火眼金睛；再有，牛魔王和铁扇公主的儿子红孩儿虽然是个妖怪，但其三昧真火的功力也十分了得，曾在号山枯松涧火云洞把孙悟空烧个半死。

不仅《西游记》中如此，在整个中国神话体系中，三昧真火也是一个大招，一门克敌制胜的不二法宝。《封神演义》中，太乙真人用三昧神火烧灭了石矶娘娘，姜子牙用三昧真火烧死了玉石琵琶精。姜子牙如此介绍这门自己从师尊昆仑山玉虚宫阐教教主元始天尊那里习来的绝技："此火非同凡火，从眼、鼻、口中喷将出来，乃是精、气、神炼成三昧。"根据《西游记》的描写，"三昧真火"是一种火焰，又似乎是一种略带邪乎的功夫或法术。

所以，在这里，"三昧"一词可以很形象地概括这部不朽经典的思想意义与艺术魅力，揭示《西游记》经久不衰的原因。君不见，西游文化从不过时，在每个年代都可以凭借自身的独特魅力融入时代文化，在当下各种影视改编风靡一时；君不见，独特的西游表情包丰富、更新着年轻人网络交流的情感方式，央视86年版电视剧《西游记》连年位居各视频网站年度点播量前列。领一时风气之先的动画片《大闹天宫》、电影《大话西游》、网络文学《悟空传》以及各种戏谑的"西游"职场启示录，等等，都是这部传统文学经典与时代、与社会、与各种艺术样式发生的精神共振。

与"四大名著"或"四大奇书"中的其他三部相比，《西游记》也具有独特的魅力。为何这么说？《三国演义》《水浒传》具有金戈铁马的阳刚风格，一些女性读者似有本能的疏远，《金瓶梅》《红楼梦》则有不同程度的"少儿不宜"，唯独《西游记》能与大众产生全方位的共鸣，无论男女老少，黄发垂髫，都可以津津有味地与人说起《西游记》的故事。所以，如果从读者面向的广度与作品影响的持久性——普及性和知名度——而言，无论是古代的"四大奇书"，还是现在的"四大名著"，都理应推《西游记》为第一，它是名副其实的"奇书"中的"奇书"。

那么，《西游记》为何如此奇特？或者，让我们换个说法，《西游记》的独特魅力、它的艺术经典性是如何炼成的呢？《西游记》不是"飞来峰"，不是"天降"奇书——它有来历可寻。

其一，文学源于生活，经典来自现实，《西游记》的经典性源自玄奘大师西天取经的壮举。

玄奘大师，唐代高僧，俗姓陈氏，名祎，洛州偃师（今河南洛阳）人，一说陈留（今河南开封）人。十三岁即出家为僧的他曾游历各地，遍寻名师。有感于当时流传的佛经各家认识不一，又多有讹谬，所以立志远赴西域，"广求异本以参验之"，通过各种版本的参照和对比，来解除疑惑，"获取真经"。

关于玄奘取经的史实，各类史书记载略有差异。可大致梳理为：

贞观三年（629 年）从首都长安出发，经秦州（今甘肃天水）、兰州、凉州（今甘肃武威）、瓜州（今甘肃安西）偷渡玉门关，取道伊吾（今新疆哈密）、高昌（今新疆吐鲁番），越葱岭（帕米尔高原）、出热海（凌山大清池，即今吉尔吉斯斯坦伊塞克湖），来到素叶城（即碎叶城，在今吉尔吉斯斯坦托克马克西南），经二十四国到达北印度。贞观十九年（645

玄奘三藏像
东京国立博物馆藏

年），玄奘携带六百五十七部佛经和大量佛像，取道巴基斯坦北上，经阿富汗、尼泊尔，翻越帕米尔高原，沿塔里木盆地丝路南线回国，逗留于阗（今新疆和田市）两年后回到长安。

行程五万里，途经百余国，历时十七年——这是一个多么伟大的"中国故事"。试想，在那个没有飞机、没有高铁、没有导航、没有翻译软件的时代，玄奘以一人之力，完成了一个即使在今天看来也很难完成的任务。在西域的十七年里，他"见不见迹，闻未闻经"——见到了许多以前不曾见过的异域风土人情，也听到了从前从来没有听过的佛教理论。这个来自唐朝的辩论高手，一路向西，向西，讲经、问难，"辩博出群，所在必为讲释论难"，靠一肚子渊博的知识和一张能言善辩的嘴，折服了一众西域人民，"蕃人远近咸尊伏之"，也让他们见识到中华文明的卓然风采，"万古风猷，一人而已"。在漫漫的时间长河之中，如此这般执着地学习异域文化又传播中华文明的文化使者，唯有玄奘。可以毫不夸张地说，玄奘是继孔子之后中国历史上最重要的世界文化伟人之一。

《西游记》是神话化的"西游故事"。史书所记"此等危难，百千不能备叙"被形象化为九九八十一难，"苦历千山，询经万水"的艰难旅程，化为笔底烟霞，成为令读者赞叹不绝的文学奇观。古人评论《西游记》"奇地、奇人、奇事、奇想、奇文，五奇具备"，揭示了《西游记》宝贵的审美精神与艺术风格，也体现出这一"中国故事"独特的叙事方式。

可见，正是玄奘大师激荡后世的伟大壮举，奠定了《西游记》独一无二的经典性，犹如日月经天，光华灿烂。

其二，《西游记》的经典性来自时间老人的赐予：这部作品经历了长达千年的经典化历程。

纵观人类文化史，每一部经典都经历了时间的淘洗与历史的积淀。——《西游记》的经典化历程尤其漫长而充分。

早在唐初玄奘大师在世前后，西游故事便有所流传。取经归国后，玄奘奉敕撰写了《大唐西域记》，记录了西域地理、历史、道里、风俗。他的弟子慧立、彦悰为了表

唐僧（右三）
选自明代内府彩绘本《西游记》

彰恩师的丰功伟绩，谱写了《大慈恩寺三藏法师传》。这"一记一传"具有极高的文学价值，传主行迹神奇，书者文采斐然，共同开启了"西游故事"的文学性书写。我们完全可以说，它们位居有史以来最伟大的游记和传记文学作品之列。同时，它们理所当然成了《西游记》的最早源头，也成为《西游记》经典化的开端。

沿着时光长河缓缓流动，晚唐五代到宋元之际，出现了各种体裁的西游文艺作品。开始时，大家各显神通，各有讲法，严肃的历史真实、浪漫的文学想象和活泼的民间传奇在西游故事里融汇交织。慢慢地，人物和故事逐渐趋于一致，集大成者《大唐三藏取经诗话》（以下简称《诗话》）也自然出现。此后，民间艺人再讲说西游故事时，大致都按这个话本底稿来讲说。现存《诗话》的产生时代已不可考，有人说是宋椠（椠，音qiàn，古代记事用的木板，意为古书的刻本），有人说是元椠，也有人认为晚唐五代即已出现这部作品。但可以确定的是，《诗话》是目前所见最早的西游题材的文学文本。胡适视其为《西游记》的"祖宗"，鲁迅称其为《西游记》的"先声"。

　　《诗话》对《西游记》最终成为经典性神话小说具有奠基性、先导性的意义。比如，正是在《诗话》中，猴行者首次加入取经行列，替代玄奘成为作品的主人公。

　　是的，如今说来人见人爱、理所当然被视为《西游记》第一主人公的美猴王孙悟空，一开始并不存在于取经队伍！那么，这位猴行者是何许人物？

　　这个猴行者来头可不小。他来源于民间西王母神话，人、神、猴三位一体，是"八万四千个猕猴之王"。他身世奇特，神通广大，"九度见黄河清"，因偷吃王母的蟠桃被发配在花果山紫云洞。这显然就是《西游记》孙悟空的

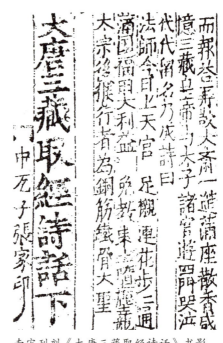

南宋刊刻《大唐三藏取经诗话》书影

原型，花果山美猴王的前身，集万千宠爱于一身的"齐天大圣"的雏形。紫云洞则在《西游记》升级为风景神奇、仙气袭人的水帘洞。

猴行者等神话形象的加入，直接影响了《西游记》的内容和结构。历史上玄奘取经，一路上所见所闻不过是西方异域之道里风俗，所历险难也不外穷山恶水、荒地野林、狂风沙漠等恶劣的自然条件和毒虫猛兽的危害，以及缺粮断水、餐风宿露之艰难困苦。

猴行者的出现，一举突破了真人真事的现实局限。他亦人亦猴，亦仙亦妖，能腾云驾雾，变化作法，故而恶劣的自然灾难不足以成为他的阻碍，必须引入妖魔鬼怪，才能显其神通；随着妖魔鬼怪的出现，唐僧的保护者也须相应升级，于是引入了西天诸神；一般的得道高僧只是精通佛理，既不能长生，又无诸般神功，在猴行者与神魔面前是小巫见大巫，所以取经的对象必须是端坐云中、若即若离、至高无上的佛祖，而非历史上印度那烂陀寺的戒贤大师可以胜任。

唐僧与猴行者
甘肃省瓜州榆林窟第 3 窟

就这样，神、佛、魔三者齐集，从此，西游故事的内容和结构驶入了神话小说的轨道。

《诗话》还开启了西游的降妖模式，将玄奘取经的历程浓缩为更具象征意义的九九八十一难。据考证，现存《诗话》中的降妖历难故事，完整的有树人国遇妖术、火类坳遇白虎精、九龙池遇九头鼍龙三个。"三难"虽少，但意义重大：它将历史上玄奘所经历的"百千无以备叙"的"此等危难"，演化成为生动形象的神魔故事，为后世《西游记》中的"九九八十一难"提供了基本类型。其中，树人国一难中，因小行者被施加妖术化为驴子推磨，猴行者"当下怒发"，将妖人之妻幻化为一束青草，"放在驴子口伴"羞辱的情节，直接启发了后世《西游记》中各类事物相生相克的争斗变化。火类坳一难写猴行者钻入白虎精肚中，致其肚裂而亡，则与《西游记》中孙悟空的拿手好戏"钻肚术"如出一辙。过九龙池遇九头鼍龙时抽龙筋、拔龙须诸般故事，与《西游记》中的龙宫龙王情节显然有着内在联系。应该说，后来的九九八十一难正是受这三难启发、进行不断丰富扩展的结果。

　　到了明代，西游故事更加发达、丰富，逐步形成了戏曲与平话（民间说书话本）两个系列，现存的代表作分别为《西游记杂剧》和《西游记平话》。这两部作品是明代《西游记》演化的"关键少数"。从时代考量，它们离《西游记》最近，又同属于叙事文学体裁，适合讲述，所以共同构成了《西游记》的直接蓝本。

　　《西游记杂剧》，明初戏剧家杨景贤著，全方位叙述了唐僧取经故事，具有六本二十四则的宏大规模，比王实甫"天下夺魁"的《西厢记》还多出一本，可谓元明以来杂剧之冠。《西游记平话》，明代无名氏著，全本已佚，目前仅存一些片断，主要是大型类书《永乐大典》所录"魏徵梦斩泾河龙"和朝鲜古代汉语教科书《朴通事谚解》所载"车迟国斗圣"两则。后者还有九条注释，涉及的西游降妖故事十分丰富。

　　至此，"你挑着担，我牵着马，迎来日出，送走晚霞"的取经班子与结构框架全面定型。《大唐三藏取经诗话》尚无猪八戒和白龙马的影子，沙僧的情形则更类似于其他除怪故事：他化为金桥帮助唐僧渡过深沙河，但并没有成为唐僧的徒弟参与取经。在《西游记杂剧》与《西游记平话》中，取经班子的构成及其分工则已经定型，唐僧、孙悟空、猪八戒是主角，沙和尚、白龙马是配角。

在后世百回本小说成书过程中，人物越来越庞杂，天庭龙宫地府，仙岛魔窟妖洞，各类人物纷至沓来；故事越来越丰富，自然界与妖魔鬼怪、道教神与佛教神、仙境与人间，精彩故事层出不穷。但"取经五人组"的班子始终相对稳定：唐僧为统帅，行者是先锋，八戒挑担，沙僧牵马，白马去时驮圣僧回时载佛经，贯穿作品始终。师徒四人，外加白马，定格为《西游记》的"标配"，其余人物皆跑龙套，穿场而过，所加故事也不过是一组组插曲，成为整个《西游记》"蚯蚓结构"中的一小节。即使吴承恩再写二十回文字，再添置十个降妖故事，相信作品还是一般格局，还是这样的取经班子，唐僧外柔内刚、行者心高气傲、八戒狡黠烂漫、沙僧诚实忠厚的性格特征也不会有大的改变。同时，《西游记》的情节构架也宣告固化，为大众所熟知、独立成篇的《西游记》"三大板块"就此定型。这"三大板块"就是孙悟空大闹天宫记、唐太宗入冥记（取经缘起）和唐僧西游记（九九八十一难）。

其三，《西游记》的经典性，还来自天才作家吴承恩的生花妙笔。

在这里，我首先要说明的是，当下学界对"吴承恩著《西游记》"的说法还存有不同意见，但无论如何，《西游记》的作者是客观存在的。据鲁迅、胡适的考证，最后创编并推出《西游记》百回本巨著的，是明代作家吴承恩。所以，我们不妨将"吴承恩"当作《西游记》作者的一个指代，用以考察这位天才作家的卓越创造。至于他的生平，容在后文另行详说。

与《红楼梦》等文人案头文学相比，《西游记》的特殊之处在于，这是一部世代累积型集体创作小说。千百年来，街头坊间的口耳相传，戏班乐坊的浅吟低唱，早已让西游故事初具规模。玉在石中，只待巧手打磨，便可熠熠生辉。

吴承恩像

吴承恩也不是曹雪芹那样的独立创作型作家，而是像冯梦龙、余象斗一类的改创型作家。他胸有沟壑，才华横溢，但此时尚无人知晓，他竟是如此的不世之才。在一个个无人见证的深夜，星月璀璨，宇宙浩瀚，伏案的吴承恩沉浸在光怪陆离的民间想象和瑰丽绚烂的神怪世界之中，青灯一盏，健笔一支，竟写就了一部传世奇书——他搜集、总汇了以往全部西游故事，又根据小说的结构与书写原则，将之荟萃、改编成大部《西游记》。

在对以往西游故事进行创造性的整合、加工和润色的过程中，吴承恩的文学才华得到了充分的彰显。比如，孙悟空与二郎神的斗法故事，在前代杨致和简本《西游记传》中不足三百字，而他却洋洋洒洒写了三千余言，使故事更加饱满生动，文字更加神骏丰腴。还有，后来为人津津乐道的白骨精的故事，虽在前代《诗话》里早有雏形，但白骨精善于伪饰变化、千方百计"吃唐僧肉"的情节则完全是吴承恩的构思。此外，从理论上说，凡是前代西游作品中没有出现和提及的故事，如通天河唐僧坠水、荆棘岭三藏谈诗等故事，都是吴承恩独立创作的精彩篇章。

更值得后世称道的是，正是吴承恩，才将《西游记》写成了一部独一无二的神话小说。按以往文学史的命名规则，表现"西天取经"母题的西游"记"，大概率应该像《马可·波罗游记》或《鲁滨逊漂流记》那样，是一部名人旅行记或英雄历险记。或者，从"取经求法"的题材上看，它更有理由成为一部弘扬佛法的宗教小说。然而，令今天的我们深感诧异的是，《西游记》却偏偏是一部恣肆汪洋、瑰玮壮丽的神话小说。

《西游记》最后以神话小说定型，是历史选择、创造的结果，更是吴承恩选择、创造的结果。现在的我们阅读《西游记》，就是在欣赏一部空前绝后的伟大神话。围观"妖精乱世"和"神仙打架"，精彩不容错过！

璀璨壮丽的神话世界　一

　　作为上下五千年的文明古国，中国有绵延不绝、璀璨辉煌的传统文化：诗经楚辞汉赋，唐诗宋词元曲，明清小说传奇……无一不可在世界文化舞台上独领风骚。但就神话艺术而言，成就和影响都不堪匹配。我们虽有"盘古开辟""女娲补天""精卫填海""后羿射日"等精彩神话（传说），但却始终凌乱芜杂，缺乏整体性的神谱和体系，如与辉煌的古希腊神话相比，则更显逊色。鲁迅先生曾在《中国小说史略》中发出过这样的喟叹："终不闻有荟萃熔铸为巨制如希腊史诗者。"——这就是颇令国人泄气的"中国神话贫乏"论。

　　然而，在16世纪横空出世的《西游记》，某种程度上改变了我国神话文化落后的面貌，大踏步赶超世界神话的艺术水准，也打破了人们脑海中既有的"中国神话贫乏"

的印象。"中国神话贫乏"论在《西游记》所带来的"中国震撼"中宣告破灭。

在《中国小说史略》中，鲁迅将《西游记》称为神魔小说。神话小说与神魔小说，前者强调作品的体裁形式，后者指称作品的题材特征，两个称谓并没有根本区别，现在学界时有并称，支持者和使用者各有其人。

1. 三维一体的神仙谱系

《西游记》不仅继承了"后羿射日""盘古开辟"等中国上古神话宏伟绮丽的想象力，而且以再生态神话的艺术形态融合了中华民族文明时代的情感、智慧，对自然、社会、历史和人生有着深刻的认知，已成为举世公认的神话艺术中的翘楚。外国学者也给予《西游记》以高度评价。曾翻译过《诗经》《论语》《道德经》《长春真人西游记》等作品的英国著名东方学家、汉学家阿瑟·威利就说过："《西游记》像一颗璀璨的彗星升上了中天，给西半球人民展出一个神奇的世界。"

　　显然，阿瑟·威利所说的"神奇的世界"，即是由吴承恩著《西游记》所建构的中国神话世界——一个独具中国文化特征的神话谱系。

　　《西游记》中蕴藏着一个独特的神话世界。它融会神、佛、仙三维一体，又各显风骚、各成谱系：神界天庭巍峨豪华，在在辉煌；佛境灵山庄严肃穆，处处祥瑞；人间仙窟则隐在名山大川之中，钟灵毓秀，仙气里透出丝丝人间气息。

　　《西游记》是佛教文本，讲的是取经，目标是灵山，拜的是佛祖，那么，让我们先来看看其中神奇的佛教世界——佛神系统和佛国胜景。

　　先说佛神系统。

　　居于中心的是佛祖如来，所谓"狮子雷音，唯我独尊"。下面依次有四大菩萨、四大金刚、十八罗汉、五方揭谛、一十八位护教伽蓝等。其实，在佛神系统里，修成佛身的不仅仅只有如来一人，而是有三千诸佛，如来只是佛之领袖；菩萨也不止四位，四大菩萨只是代表，并以南海观音菩萨为尊。对了，阎罗王最早也是佛教神祇，与幽冥教主地藏王菩萨同为地狱主宰，后来演化为道教神了。

至于灵山胜景，佛国祥瑞，《西游记》中有诸多优美的描绘：

> 瑞霭漫天竺，虹光拥世尊。西方称第一，无相法王门。常见玄猿献果，麋鹿衔花；青鸾舞，彩凤鸣；灵龟捧寿，仙鹤嗛芝。安享净土祇园，受用龙宫法界。日日花开，时时果熟。习静归真，参禅果正。不灭不生，不增不减。烟霞缥缈随来往，寒暑无侵不记年。诗曰：去来自在任悠游，也无恐怖也无愁。极乐场中俱坦荡，大千之处没春秋。

仙草争妍，瑞兽烂漫，烟霞飘渺，寒暑不侵，人们对美好世界的想象，莫过于此。对如来讲法圣地雷音宝刹，作者更是赞美不绝，除了详细铺排美轮美奂的大殿气势，

佛祖像
选自明彩绘本《释迦源流应化事迹》

更赞其曰:"天王殿上放霞光,护法堂前喷紫焰。红尘不到诸缘尽,万劫无亏大法堂。"在作者笔下,西方极乐世界成为人间天堂的美好想象。

《西游记》里的道教神系更为庞大。玉皇大帝是天神,天庭的最高统治者,类似于古希腊神话里的宙斯。其次是民间道教故事"老子一气化三清"中的三清尊神——元始天尊、灵宝天尊、道德天尊,其中道德天尊也即太上老君最为重要。然后就是南北极大帝、四大天师、九曜星、二十八宿、风雨雷电、五渎四海、山川社稷、土地门神、龙王地君,等等。由于玉帝代天掌管天下,所以道教神在大千世界里无处不在,不可胜数,甚至连京城的护城河、乌鸡国皇帝御花园的八角琉璃井里都有一尊河龙王、井龙王。

在佛教文本《西游记》中出现了最为庞大的道教神谱,其本身就是一种矛盾,背后的原因很复杂。简略说来,一是由于《西游记》佛道互渗,神、佛构成神话世界的两极;二是因为道教在中国土生土长,民间道教文化本就比较丰富。正因为吴承恩是按照民间道教的内容来构建

《西游记》中的道教神仙世界，所以《西游记》中许多描写并不符合道教的实际。

又比如，道教世界以天庭、龙宫、地狱三处最为有名，号称"西游三界"。天宫，只是三界里的一界。所以，"孙悟空大闹天宫"的说法其实并不完全准确。孙悟空强索了东海龙宫的定海神针——金箍棒，恣意勾销了阎罗王的"生死簿"，又公然蔑视玉皇大帝，与十万天兵天将列阵厮杀——更准确的说法，应该是"孙悟空大闹三界"。

现在以三界中的地狱——因为它同时也属于佛教——为例，从一个侧面来看看《西游记》神话世界的真相与妙趣。

话说唐太宗李世民因失信于泾河老龙被告至地府，阎罗王对大唐真命天子不敢怠慢，不想随意开演"葫芦僧乱判葫芦案"的荒诞剧，急忙召他入冥"三曹对案"。于是，随着太宗的游历，我们得以窥见地狱的基本情形和构架：

唐太宗画像
北京故宫博物院藏

李世民先是由二童子引入地狱之城——"幽冥地府鬼门关"。太宗刚刚踏进鬼门关，即遭先兄建成、故弟元吉拉扯，声讨其玄武门政变逼宫谋位，弑兄杀弟的罪愆；接着至"碧瓦台森罗殿"谒见十殿阎君，接受这个"特别法庭"的调查、审判；而后又来到"幽冥背阴山"，这里"岸前皆魍魉，岭下尽神魔。洞中收野鬼，洞底隐邪魂"，是个反思、悔过的禁闭之地，其"待遇"大约相当于现在的"双规"；接着就要见识地狱世界的中枢之地——"一十八层地狱"，如有不能彻悟"人生却莫把心欺，神鬼昭彰放过谁？善恶到头终有报，只争来早与来迟"者，将永堕此阿鼻地狱受苦受难，不得超生，反之则可超生解脱。太宗作为超生者（虽然走了判官崔珏的后门），挣脱"一十八层地狱"来到"奈何桥"——只有恶人鬼魂过此会堕入河中，唐太宗在这里已看得到阳间的曙光了——经受最后的考验，被他先后剿灭冤死的鬼魂"六十四处烟尘，七十二处草寇"上前索命，直到他允诺返阳后即举行招魂的水陆大会，"汹汹鬼怨"才得以平息。

从唐太宗的惊魂游历中，我们可以清晰地了解地狱的组织构造及相应的机制（构造列前，机制列后）：

鬼门关：进入地狱之门；

森罗殿：接受"法庭"调查、阎君审判；

背阴山：在"双规"禁闭室进行反思、忏悔；

一十八层地狱：经受精神煎熬、灵魂受难；

奈何桥：通过考验后"脱离阴司，返回阳世"。

在传世的各类文献记载中，很少有典籍对地狱有这样详细而生动的描绘。应该说，对于中国民间普遍存在的地狱认知和阎君崇拜（信仰），《西游记》神话世界的普及起到了很大的推动作用。比如，我们经常会说"鬼门关里走一遭"，来形容自己遭遇到的非同一般的危险。鬼门关即是地狱之门，进去自然很吓人，但未必一定会死，还有许多因素在影响着你的"死罪"能否成立。再比如，我们还会说，"做好事，积阴德"，什么意思呢？就是劝人为善。一个人平时如果多做善事，死后在地狱里过奈何桥时，积下的德行就可以抵消罪愆。如果积累的善行够多，甚至会有鬼使来扶你过桥，助你超生。反之，则会引来恶鬼落井下石，推你一把，让你堕入万劫不复的深渊。正是这些通俗而又朴素的语言，影响到中国人血脉中最基本的生死观念和道德观念。

2. 妖魔鬼怪的现实寓意

鲁迅评论《西游记》时这样说："神魔皆有人情，精魅亦通世故。"这个"人情"和"世故"，指的就是现实生活。所以，我们说《西游记》是"荒荒诞诞说鬼，真真切切说人"。书中的每一个神魔故事，都隐含着深刻的象征性寓意，是人类社会，特别是特定时代社会现实的隐喻。

既然是隐喻，作者没有明写，读者也不易看破。因而四百多年来，这部充满玄妙神机的作品，成了一个猜不透、猜不完的谜。古人称其为"海内一大闷葫芦"，今人则把它当作一份"世界上最长的密码"。

在时下谍战剧的"套路"里，所需破译的机密层级越高，密码设置就越复杂，揭秘就越困难。如果按照这个标准，则《西游记》就是机密层级高、加密手段多的"绝世秘密"，所以历代读者在破译时颇感艰难，成功者有之，失败者也不少，甚至还有人误入歧路，走上了"失之毫厘，谬以千里"的歧途。

让我们来围观几个破译"西游密码"的典型案例。

比如，"盘丝洞—黄花观"的故事。

在电视剧《西游记》中，盘丝岭七位妖娆多情的蜘蛛精给观众留下了深刻印象。她们的看家本领是从肚脐眼里吐丝，织成丝绳缚人，然后搭成丝蓬遮住天光，任你再是厉害，一旦被罩住，断无逃脱的可能。她们的师兄——也是后台——黄花观的妖道是个蜈蚣精，人称"百眼魔君"，又称多目怪，长着一百只眼睛，每只眼中都能放出万道金光，令人头晕目眩。这厮还善下毒，先让人中毒疲软，丧失战斗力，再用金光罩住对方，害人性命。如此高招，百发百中。

蜘蛛精、百眼魔君这群妖怪暗指什么呢？

谜底即是明朝后期的一个严峻社会现象：特务横行。

孙悟空大战百眼魔君
选自清佚名绘《清彩绘全本西游记》第73回"情因旧恨生灾
毒　心主遭魔幸破光"

东厂、西厂、内行厂、锦衣卫等特务机关在官场和民间广布暗探（百眼魔君），罗网森森（蜘蛛精），大家困在特务制度的"丝篷"下人人自危，噤若寒蝉。

再比如，木仙庵树精的故事。

《西游记》第六十四回"木仙庵三藏谈诗"，讲的是荆棘岭中一群树精、竹精与唐僧谈诗的故事。他们并无谋害唐僧之意，也不想阻拦唐僧取经，不过就是羡慕上国高僧的风采，最后竟遭灭门之祸，齐齐惨死于八戒的九齿钯下。

"荆棘岭"背后的寓意是什么呢？

这个故事曾引起后人许多议论，其中有一种观点让人感慨：树精、竹精们在深山里修行千年，但只热衷于谈文论艺，附庸风雅，根本不重视培育安身立命的真才实学，面对武功低劣的猪八戒，竟然没有丝毫自保的能力，最后只得引颈就戮，落得满门抄斩的下场。这则故事正是在批判一种好玄谈、不务实，坐而论道、不接地气的空疏学风，揭示元明之际日趋僵化、窳败的儒学道统。

在《西游记》的研究中，最早使用解密之法的是胡适。在写于1923年的《〈西游记〉考证》中，他揭示了许多《西游记》神话里的隐含意义。比如，他认为流沙河的原型是新疆著名的八百里瀚海（位于今瓜州与哈密之间的噶顺戈壁，又称莫贺延碛大沙漠），火焰山是西域干旱气候的象征，通天河是雪山冰川的形象化身，唐僧"唐御弟"的身份来源于玄奘大师在高昌国与国王麹文泰的结义——"唐御弟"正是历史上麹御弟的翻版和再现。

因为胡适的启发，许多学者沿用解密之法，取得了可喜的成绩。比如港台学者王国光在其专著《西游记别论》（学林出版社1990年版）中，明确提出《西游记》是"一份最长的密码"，研究《西游记》即是破解密码，获取谜底。他对其中十三个主要除妖故事进行重点探究，并将之分别与宦官专权误国、特务（东西两厂）横行、皇亲特权、唯道独尊、"文豹隐雾"（指假隐士）等明代最为显著的社会现象对应坐实，揭示了作品的社会思想、哲学思想和丹术思想。他还运用征引、诠释、训诂等传统索隐学方法，提出了许多别出心裁的见解。其中断言驼

陀罗庄降蛇妖

选自清佚名绘《清彩绘全本西游记》第 67 回"拯救陀罗禅性
稳　脱离秽污道心清"

罗庄蛇妖故事系讽贬明朝宦官为祸"酷矣"的说法，颇为精辟。试看其理由如下：

（1）作品言蛇妖"未归人道，阴气还重"，王国光先生解释为"古人以男为阳女为阴"。注意：这里的人道不是一般意义上的人道主义，而是特指人道中的男女婚配之道。

（2）故事发生地"七绝山稀柿衕"（"柿"另有版本作"屎"），他解释说："'绝'字的一种含义即没有子孙后代"；"柿""屎"与"寺"音通，"而古代称阉宦为'寺人'"。

（3）蛇妖的武器是"两条信桥"，即是一根软柄长枪，其实是蛇开叉的舌头，其按：古人称宦官"一簧两舌，妄言谬语"，又时常陪伴皇帝左右，"最易以唇枪舌剑屠戮生灵"，正寓意宦官的丑恶嘴脸。

对此"揭秘"，我完全同意。此外，我还想指出一点：吴承恩生活的时代，正值"宦官之祸酷矣"，讽刺、批判宦官专政乱国确是《西游记》应有之义，且不局限于蛇妖一个故事。其实，著名的乌鸡国故事也有这个意思。请看——

　　妖道谋害乌鸡国国王，将其尸首扔到御花园八角琉璃井井底，自己摇身一变，变成国王模样，篡夺了王位，接管了王子和后宫。可怜国民凡夫俗子肉眼不识，王后"踏踏实实"地与他做了三年夫妻。后来孙悟空剿灭妖道，真国王返阳重登王位，与王后破镜重圆。满城百姓一脸懵懂，这时文殊菩萨出场说出真相：原来是文殊菩萨为惩罚乌鸡国国王曾经的冒犯，派遣坐骑青狮下凡作乱，让他遭受三年浸泡之苦。与此同时，为防止青狮扰乱后宫，文殊菩萨对其实施阉割术，骟了雄狮，王后虽然与假国王做了三年夫妻，但有名无实，未损清白，依然冰清玉洁。

　　显然，这个故事的"谜底"也是宦官，因为宦官是被阉割过的男人，虽面对后宫三千佳丽，但唯有艳羡，不能侵犯。众所周知，宦官乱政是中国古代常见的现象，在明代尤为严重。近代知名历史学家孟森就曾在其所著《明史讲义》中说道："宦官无代不能为患，而以明代为极甚。"在吴承恩生活的时代，宦官权势极大，一手遮天，扰乱官场，祸害百姓，百姓敢怒而不敢言。于是，吴承恩借用嬉笑怒骂的小说笔法，隐晦地在书中对宦官专政进行了无情

乌鸡国降妖
选自清佚名绘《清彩绘全本西游记》第 39 回"一粒金丹天上
得　三年故主世间生"

的嘲讽和批判。

另外，《西游记》里还写了好几个人间国度。其中比丘国国王听信白鹿精化身的妖道的谗言，为强健因纵欲亏虚的身体，居然要食用一千一百一十一个小儿的心肝。对此，学者已有多方考证得出结论：明代嘉靖、万历年间确有帝王昏聩佞道，乱国害民，甚至戕食小儿也并非完全虚构。据沈德符《万历野获编》记载："近日福建抽税太监高寀谬听方士言：食小儿脑千余，其阳道可复生如故。乃遍买童稚潜杀之。"在《西游记》里，吴承恩把宦官改为君王，脑髓改为心肝，目的则由宦官复生阳具改为君王恣意纵欲，对明世宗等最高统治者进行了辛辣的批判和嘲讽。这样的设置和改写，也从另一个侧面显示出《西游记》深厚的生活基础和作者对社会不公平现象的痛恨愤懑之心。

3. 光怪陆离的"高科技"想象

现代神话批评认为，上古原始神话作为"集体无意识"的载体，是"人类在达到理论思维之前的一种普遍的认识世界、解释世界的思维方式"，是原始先民运用天真的情感和想象力、"征服自然力"将自然力加以形象化的结果，与理性思维无关。《西游记》在继承中国上古原始神话艺术精神的同时，其"情感—想象"的性质与书写的形式已经发生质变。在形式上，它"文备众体"，集神话、童话和小说于一体，是与上古原始神话完全不同的再生型神话。

再生型神话不同于原始神话的最根本特征，是它的"神话思维"——一种特殊的理性思维。它并非朦胧的原始思维的产物，而是自觉的艺术思维的结晶，其主旨不在"表现中国古代对自然与社会现象的天真解释"——对于先民无法理解的自然和社会现象，人类已经有了相对成熟的科学解释——而是在神话这一艺术载体里渗透中华民族的情感精神和理性智慧。最能体现这种神话思维的是，再生型神话中存在着许多令现代人惊诧不已的"高科技预测"。古人在对人类社会进行美好遐想时，已经具有一种朴素而珍贵的未来意识。

生活在现代社会的人类，享受着高科技带来的种种便利，对各种超越自然力的"神通"早已见怪不怪，科学思维也深入人心。但是，对于千百年前尚处于农耕社会的人们来说，作出高于现实、近乎神迹的描写，无疑需要超越时代的澎湃想象。当如今的我们借用未来科学的观点与方法来解读《西游记》时，还是会忍不住被吴承恩和由他记录的民间想象所深深折服。四百年前的虚构和遐想，已有许多被现代科学技术一一证实，有些"想象"甚至正被列为世界尖端科技项目进行研究攻关。或许，人类仰望星空时所作的种种感性猜想，正是推动以科学思维为主导的科技进步的不懈动力。

我们一起来看看《西游记》中那些让人忍不住击节赞叹的"高科技预测"与今日现实的对应：

千里眼——望远镜和空间探测技术；

顺风耳——电话、电报、手机等通信技术；

风火轮——现代轨道交通，高速列车；

上天入地——飞机、火箭和地下交通设施；

水遁土遁——潜艇和地铁、隧道；

腾云驾雾——宇宙飞船、人造卫星等航天技术；

日行千里——汽车、火车、飞机等现代交通技术；

照妖镜——放射影像和镭射激光技术；

……

另一部与《西游记》有密切渊源的神话小说《封神演义》中，也显露出了许多与现代高科技"不谋而合"的未来意识。例如"杏黄旗"之于导弹、氢弹等原子能科学技术，"招魂幡"之于现代特异功能，"口吐白沫、撒豆成兵"之类的法术之于人工降雨和飞行播种技术……早有论者指出，姜子牙著名的冰冻岐山一战（其实《西游记》里金鱼精冰冻通天河捉拿唐僧也是一样），运用气象条件克敌制胜，可以看作是现代"气象战"的预演。这其中既有对古代军事家注重天文地理的真实历史的遵循，更是对现代气象科学的前瞻。此外，吕岳散播瘟疫，余德泼洒毒素，引发西岐军民大规模的天花、瘟疫，也会使人联想到现代战争中令人发指的"细菌战"。而吕岳部下使用的"头疼磬""发躁幡""昏迷剑""散瘟鞭"等招数，也具体生动地展示出"细菌战"武器和战略的奥秘。

科学解放人类，科学拯救人类。当我们看到日本海啸和上海"11·15大火"等灾难时，不禁想呼唤定海神针和芭蕉扇；当我们饱受沙尘暴之苦，出门纱巾裹脸、透气不便的时候，也会不禁遐想，去哪里寻得一枚定风丹……

检视近年间突飞猛进的科学发展，《西游记》中展现的科学思维和未来意识又可以在孙悟空毫毛术与克隆、唐僧猪八戒怀孕与男性无宫分娩两组对应关系中得到最新的印证。

其一，毫毛术与克隆。

在孙悟空掌握的许多神通之中，毫毛术是屡屡出场且令人念念不忘的一招。只见悟空从身上拔下一把毫毛，吐一口仙气，叫声"变"，就可以变出无数个小猴。这样神奇的法术，让许多小读者兴奋不已，也向往不已。在一般的认识中，只有男人与女人发生关系、精子与卵子结合才会生出孩子，这些小猴都是真的吗？

所谓克隆（clone），通常是指利用生物技术由无性生殖产生与原个体具有完全相同基因的个体或种群。英文"clone"起源于希腊文"klōn"，原意就是指以幼苗或嫩枝插条等无性繁殖或营养繁殖的方式培育植物。1997年2月，英国苏格兰爱丁堡"克隆羊"多利诞生，此后，日本、美国又先后成功克隆了水牛，我国也在20世纪末宣告成功克隆稀世国宝大熊猫（按当时媒体的相关报道）。由此，人类科学进入了克隆动物的时代。

翻阅《西游记》，我们会惊喜地发现，孙悟空早就"掌握"了克隆的技术要领。与妖魔斗争时，他只要在身上拔下一把毫毛，吐口仙气，漫山遍野便冒出许多和他一模一样的"小悟空"。比如，《西游记》第二回叙孙悟空学道归来剿灭强占花果山的混世魔王：这猴王"自从了道之后，身上有八万四千毛羽，根根能变，应物随心"，化出来的"克隆猴"前踊后跃，"抱的抱，扯的扯，钻裆的钻裆，扳脚的扳脚"，围住魔王，才让悟空找到机会，"照顶门一下，砍为两段"。又如白骨精的故事里，唐僧责怪孙悟空三打尸魔，发誓将其逐出师门。临别时，孙悟空依依不舍要拜别唐僧，唐僧不允，无奈之下，他施展毫毛术，变出三个小猴，连同自己将唐僧四面围定，"那长老左右躲不脱，好歹也受了一拜"。

灭法国的故事更加奇特。灭法国国王立愿要杀一万个和尚，杀到唐僧师徒撞上来时，刚好还少四个。危难时刻，孙悟空的毫毛术大显神通，他拔出左臂上毫毛变为瞌睡虫，右臂上毫毛变为小猴。瞌睡虫使大小官员"人人稳睡"，小猴则潜入"皇宫内院，五府六部"，将所有官员一应剃度。第二天，举国上下，人人光头，谁还能分出哪个是和尚，哪个是常人？唐僧师徒于是借机蒙混过关。

"毫毛术"是否符合克隆技术的科学原理？结论是肯定的。

无性繁殖的依据是保持基因的细胞，克隆动物主要依靠卵细胞。孙悟空的头发无疑也是细胞体，所以在理论上完全符合克隆技术的科学理论。现代侦破技术用毛发等证据来鉴定破案就是源于这个道理。对于作品中如此缜密的未来意识，我们除了惊叹，真值得问一声长眠地下的吴

孙悟空分身斗蜘蛛精
选自清佚名绘《清彩绘全本西游记》第73回"情因旧恨生灾
毒　心主遭魔幸破光"

承恩，他是否也似他笔下的二郎神杨戬一般，具有第三只眼——预见未来的科学慧眼？真值得问一声：他的许多超前意识在四百年之后得到证实，是否会让他会心一笑——我早就料定（预见）你们要走这一步！

其二，唐僧、猪八戒怀孕与无子宫分娩。

话说路过西梁女国时，唐僧、八戒误饮子母河水，竟然怀孕了。原来，西梁女国素无男子，亦无婚姻，凭子母河与"照胎泉"繁衍后代而生生不息，所以西梁老女对孙悟空说："你师吃了子母河水，以此成了胎气，也不日要生孩子。"对此天方夜谭，唐僧、八戒大惊失色，八戒说："爷爷呀！要生孩子，我们却是男身！那里开得产门？如何脱得出来！"孙悟空在一旁幸灾乐祸："古人云：'瓜熟自落。'若到那个时节，一定从胁下裂个窟窿，钻出来也。"

过去，我一直把这一段文字看作诙谐的戏笔，最多也只是把它看作孙悟空对刚刚联手"迫害"过自己的唐僧、八戒的调侃和惩罚，讽刺唐僧失聪，八戒滑稽可笑。但

俗同波剌斯形貌語言稍有乖異多
珍寶亦富饒也拂懍國西南海島有
西女國皆是女人略無男子多諸珍
貨附拂懍國故拂懍王歲遣丈夫配
焉其俗產男皆不舉也自阿點婆翅
羅國北行七百餘里至辟多勢羅國

辟多勢羅國周三千餘里國大都城

《大唐西域记》关于女儿国的记载

是，现代科学的发展足以使我们对这一"荒诞不经"的故事作出现代意义上的"科学"认识。

科学界曾有一个令世人瞩目的预测：到21世纪40年代，人类将发明无子宫生育，以减轻妇女因生育而引起的对身体健康的损害，到时，人类自身的生产将更安全、更科学。从《西游记》来看，吴承恩对此早有设想。男身怀孕就是无子宫生育，就是在生育方面解除妇女可能遇到的危险，因而具有相当大的妇女解放的意义。至于无宫如何分娩，是利用现代手术剖宫产，还是似孙悟空所言"瓜熟自落"，"从胁下裂个窟窿钻出来"，在科学上尚不得而知，也惜乎吴承恩囿于既有世俗的局限，未能深究，匆忙中信手拈来一帖"落胎泉"，将胎儿强行打掉了事。不过尽管如此，《西游记》的科学精神和未来意识已是昭然若揭了。前人形容《西游记》以"游戏之中暗传密谛"，在"戏谑中推出天机"，由此可见一斑。

总之，《西游记》这部伟大的"再生态神话"，确实寄寓着高度的创造性想象和丰富的科学预见精神，生动美妙的形象体系中结合着深邃的神话—理性思维。这不仅使作品神采飞扬，拥有无穷的艺术魅力，而且体现了宝贵的科学价值，甚至为现代科技的发展提供了启示和指引。现代许多科学家都爱读《西游记》，除了从中体会文学的趣味，还希望从中获得"神启"，为自己的科学研究带来独特的灵感。世界著名科学家、诺贝尔奖获得者杨振宁和李政道就曾高度肯定《西游记》对他们科学研究事业的重大影响，他们常常从中汲取营养，寻求思路创新。在诺贝尔奖授奖仪式上，他们甚至说过这样的话："科学上的每一项成就，都是孙行者式的理性思维模式的结晶！"

二 气象万千的文化宝典

作为中国传统思想的载体,《西游记》是一部名副其实的文化宝典。

关于中国思想的主体,通常的理解是:孔孟儒学占据主导地位,释、道两家则从两侧予以渗透、夹击,三家互补、共生,在不断的冲突、演进中寻找合流和平衡。三家既各有主旨,又互相影响,互为依倚,缺一不可,共同构筑了中国哲学的主要线索和主导精神。

"红花白藕青荷叶,三教元来是一家。"《西游记》中蕴含的哲思,正是儒、释、道"三江汇流"合为一统的自觉体现,既形象地反映出中国思想文化的形态和特征,也体现了这部巨著深厚的思想底蕴。

1. 为什么说《西游记》是"《大学》别体"？

我想从一个历代读者的疑问开始，谈谈《西游记》中的儒学精神：孙悟空有金刚不坏之身，有翻江倒海之能，神通广大；唐僧肉体凡胎又愚昧无能，除了懂些经文，几乎手无缚鸡之力。孙悟空为什么还要拜唐僧为师，且千山万水不离不弃，始终忠心耿耿？大家不都是"挤破头"想拜一个好老师吗？悟空为何不另寻名师？

这个问题貌似简单，其实似小实大，离开儒学背景就无法解释。抖一个"包袱"：唐僧、孙悟空的师徒模式，来自儒家祖师孔子和其弟子子路的故事。

南朝《殷芸小说》载：子路是孔子最得意的七十二弟子之一。但是，刚刚入门时，勇猛耿直"好长剑"、富有侠义精神的子路与老师孔子不是很合得来。有一次，孔子带子路去游学，途中口渴，令子路去舀水，结果子路在涧边遭遇老虎，差点丧命。因此，子路对孔子怀有怨恨之心，"人设"逐渐黑化，甚至想伺机杀死孔子。后来，孔

子设礼以教，循循善诱，子路才对老师的人格、智慧真正
心悦诚服，最终成为"孔门七十二贤"之一。

与子路一样，孙悟空对自己的师父也有一个从不服，
甚至反叛、敌对，到最后心悦诚服、"至死靡他"的过程。
只不过孙悟空比子路脾气更坏，路子更野，他甚至举起过

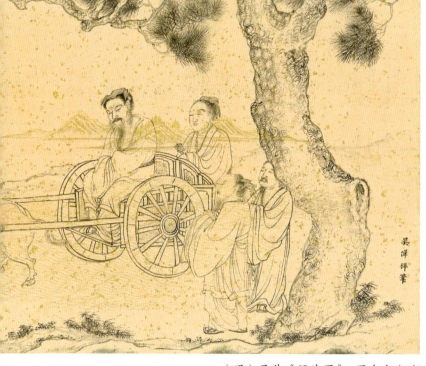

（明）吴伟《问津图》，图中车上为
孔子，车前执鞭者为子路

金箍棒，要向唐僧下狠手。

这种师生模式的实质，是宣扬儒家"尊师重教、师道
尊严"的伦理规范。《礼记·学记》即说："凡学之道，严师
为难。师严然后道尊，道尊然后民知敬学。"在学问之道的
逻辑链条上，尊师排在首位。先尊敬师长，学问才能获得尊

重，人民才会尊重知识。《荀子·大略》里则有这样的句子："国将兴，必贵师而重傅。贵师而重傅，则法度存。国将衰，必贱师而轻傅。贱师而轻傅，则人有快。人有快，则法度坏。"师与傅，都可以解释为负责教导或传授技艺的人，这是将尊师重教作为衡量社会兴废的尺度。近代学者康有为也在学术上把师道与学风联系起来："师道既尊，学风自善。"反之，学风败坏，必然也可以从师道堕落不振中找到原因。

可见，"师道尊严"已成儒家道统的一部分。《西游记》中唐僧、孙悟空的师徒关系即形象地反映出这一道统。在《西游记》中，唐僧对野性未脱的悟空有教化之恩，悟空对得道高僧——唐僧则有起予之功，师徒珠联璧合，最终共成大道正果。

这不禁让人想到新武侠小说《射雕英雄传》中名扬天下的郭靖郭大侠，他有七位师父，号称"江南七怪"。这七怪不仅性情古怪，与人一言不合就动刀枪，而且武功低微，常遭敌人追杀，于是，一旦警报传来，郭靖就要拔脚出门，跋山涉水赶去拯救师父。为危难中的师父飞奔解围，成为郭靖的重要功课和生活常态。金庸先生的这一奇妙构思，一样源于儒家道统。

翻检《西游记》，这一类儒家表征俯拾即是。

从大处看，历史上玄奘大师取经的目的是寻求对佛经的真解。《旧唐书·玄奘传》中说："（玄奘）尝谓翻译者多有讹谬，故就西域，广求异本以参验之。"以往的西游故事零散、丛脞，起因不一，但基本上都是为了取经而取经。而《西游记》站在儒家忠君爱民的立场，对取经的动机予以必要的改造，从佛教徒求解真经改为"启民智、保大唐"，为人民谋利益，为了国家"皇图永固"。于是，玄奘从一个单纯的取经僧变成了伟大的文化使者，作品主题比从前更为深刻宏大。动机一改，《西游记》便成为一部通过佛教故事反映儒家思想的作品，主题也由佛学转变为儒学，并且得到深化。

再者，孙悟空的姓氏来历中也蕴含着儒家思想。

吴承恩把孙悟空姓氏的来历写得情趣盎然。因为是一个天生石猴，孙悟空的第一任师父须菩提祖师便"指身为姓"：

孙悟空拜见菩提祖师
选自清佚名绘《清彩绘全本西游记》第 2 回"悟彻菩提真妙
理　断魔归本合元神"

祖师笑道："你身躯虽是鄙陋，却像个食松果的猢狲。我与你就身上取个姓氏，意思教你姓'猢'。猢字去了个兽旁，乃是个古月。古者，老也；月者，阴也。老阴不能化育。教你姓'狲'倒好。狲字去了兽旁，乃是个子系。子者，儿男也；系者，婴细也。正合婴儿之本论。教你姓'孙'吧！"

在这个有趣的故事中，我们可以注意到一点：祖师取姓的方法是"指身为姓"，即根据人的外形特征来取姓。这个方法在其他历史故事中也有出现，并一直沿用至今，比如我们十分熟悉的"刘罗锅""包黑子"，便是因为刘墉腰弯背驼、包拯面黑如炭而得名；我们有个开国大将叫罗瑞卿，因为身形高大，步履如飞，军中呼为"罗长子"，都是十分生动形象、易于传播的外号。

此外，古人取姓还有一个原则："姓随人愿"，就是说，取的姓氏要寓意美好，让人称心如意。所以祖师赐姓"孙"，美猴王"满心欢喜，朝上叩头"，连叫三声"好"字，"今日方知姓也"，无父无母的猴头有了归属感，情不自禁地手舞足蹈，翻起跟斗来，以后也是时时自称"老孙"，以姓孙为荣。祖师不愧有识人之明，且才华卓绝，现在常见大头、跷脚、独眼龙之类称呼，虽然是"指身为姓"，但无视"姓随人愿"，被叫的人未必高兴。

"正合婴儿之本论"完全是儒家"赤子理想"的翻版。《尚书·康诰》："若保赤子，维民其康。"《孟子·离娄下》："大人者，不失其赤子之心者也。"在儒家看来，唯有赤子纯净无瑕，是高尚君子的象征。作品这般描写，实际上也是在暗示孙悟空作为天地化生的"自然之子"，是一个有德君子，或者说，是将由小人升华为君子。李评本《西游记》第一回总批即明确指出：悟空之所以姓孙，"即是《庄子》'为婴儿'、《孟子》'不失赤子之心'之意"。在赞美儿童方面，庄子具有儿童崇拜思想，与儒家并无二致。清代道家评本《西游记》则视"婴儿"为道家内丹术语，所指为经过修炼在体内结成的"圣胎"，虽然不乏教义依据，但若将这则故事界定为道教内丹派的修炼之法，恐有穿凿之虞。

《西游记》中的女性观也有儒家思想的反映。

　　《西游记》中难能可贵地出现了赞美女性的立场，认为女性的身体和精神不应该随意受到损害与摧残。乌鸡国故事中，乌鸡国王后与妖魔做了三年夫妻，然而这妖魔竟是一头被文殊菩萨"骗（阉割）了的狮子"，他霸占王后纯粹是"糟鼻子不吃酒——枉担虚名"；王后蒙尘三年，也是有名无实，依然冰清玉洁。麒麟山獬豸洞的犼精掳去了金圣宫娘娘，神仙授予五彩仙衣，顿使娘娘"浑身上下都生了针刺"，遂令妖魔近身不得。通行本第九回"陈光蕊—江流儿"故事叙唐僧母亲受污于水贼，昭雪后因羞愧"毕竟（投江）从容自尽"，从另一个角度来说，也是以极端的方式谴责了水贼残害女性的罪行。

　　由于时代局限，《西游记》中虽然难免有诸如"饿死事小，失节事大"等陈腐观念的痕迹，但这些"荒诞"的描写，都是旨在维护女性尊严。《红楼梦》盛赞"女儿是水做的骨肉"，又指出女儿一旦成婚，与"浊臭逼人"的男人生活在一起，就会比男人更加不堪，歌颂女性美的立意显而易见，这是否与《西游记》血脉相连，抑或曹雪芹转益多师，受到《西游记》的启迪，亦未可知。

其余如石猴以"人而无信，不知其可也"强迫群猴臣服，登上美猴王宝座，又如在六十四回"木仙庵三藏谈诗"中以"游夏莫赞"典故形容众仙诗意之妙，凡此种种无不体现着作品的儒学蕴涵。

清代有一个叫张书绅的儒生，甚至以儒家经典《大学》来评注《西游记》，说《西游记》"名曰'西游'，其实却是'大学之道'，把一部《西游记》，即当作《大学》读亦可"。他倾力索隐《西游记》中的儒学内容，把《西游记》转注成《大学》，故而《西游记》又有"《大学》别体"之称。张书绅说的一段话，颇值得现代人涵泳回味：

> 人生斯世，各有正业，是即各有所取之经，各有一条西天之路也。

取经是人生正业，西游是人生正途。显然，这样的话只有在儒学背景中才讲得通，只有与明德、达善的儒家理想联系起来才成为"人生格言"。

2.《西游记》偏爱道教还是佛教？

就佛、道两教文化的关系而论，《西游记》体现出一种崇佛抑道的思想倾向。

毫无疑问，《西游记》是一部佛教文本。这里的"佛教文本"并非指《华严经》《坛经》《心经》一类佛教典籍，而是特指具有佛教蕴涵的文学文本。作为小说的《西游记》整体上与佛教发生勾连，其佛学精神和特征主要表现在：

本事：唐僧西天取法——求取三藏真经的过程；

情节模式：按照佛教教义体系编织情节，主要是：原罪——消业（受难）——解脱（得道成佛）；

评价：重佛轻道，或者说以佛为主，以道为副；

描写：文字充满佛光禅意。

先说《西游记》里的崇佛倾向。

《西游记》开篇有诗曰："欲知造化会元功，须看

《西游释厄传》。"释厄"两字，通常解释为："释指唐僧，厄即灾难，即如本书所载唐僧于取经途中所遭遇的厄难。"我们也可以理解为唐僧五众消释厄难之意。"和尚的厄难"与"销释厄难"，不论何种理解，都指向唐僧一行历经艰辛、得道成佛（修成正果）的大旨。这正是《西游记》崇佛主题的先验性规定。除此之外，崇佛倾向还具体表现在：

首先，如来佛祖有大智慧。

如来佛祖是"西游"游戏的总设计师。为了拯救苦难的人类（南赡部洲，实指中华大地），他造下三藏真经，构思了取经规划，遂成就一部《西游》大书，一段唐僧西行取经的"不朽真精神"。普度众生，这是佛教的大情感、大智慧。

如来佛祖法力无边，修为明显高于玉皇大帝。玉皇大帝被孙悟空搞得焦头烂额，一筹莫展，如来佛却能轻松破局，伸出五指，化为五行，反手一掌，只一合即将孙悟空镇压在五行山下，诚可谓"狮子雷音，唯我独尊"。借用古龙武侠小说的术语，在《西游记》"兵器谱"上，如来佛祖当推第一。

其次，观音是佛教精神的躬亲践行者。

观音，全称大慈大悲救苦救难灵感观世音菩萨。在"西游"游戏中，她是实际组织者：取经班子由她搭建，唐僧"难簿"经她验收。她还是最忙碌的"救火队员"，取经途中一旦有不能克服的困难，她必亲临解决。有一次，她甚至连衣服都不及穿全便匆匆出山降妖。观音平易近人，有亲和力，为了支持取经事业，可以自降身价，化身妖魔，还被悟空讥讽为"妖精菩萨"，或"菩萨妖精"。观音佛性深邃，回应悟空："菩萨、妖精，总是一念；若论本来，皆属无有。"不卑不亢，不失尊严，也使"行者心下顿悟"，渐通佛性，心甘情愿地一辈子对观音执弟子礼。

观音具有领导者的慧眼与远见，且不拘身份，能屈能伸。第十二回"观音显像化金蝉"叙观音打扮成一个浑身流脓、臭气冲天的疥癞和尚，于大唐百万佛子中找到佛性高洁的陈玄奘。试问，如果高张黄榜把取经这件被如来佛祖称之为"山大的福缘，海深的善庆"的伟业昭告天下，那么，别有用心而欺世盗名者、不学无术而滥竽充数者必定趋之若鹜，蜂拥呼啸而来，怎么能寻找到真正禅心坚

观音助降鱼精
选自清佚名绘《清彩绘全本西游记》第49回"三藏有灾沉水
宅 观音救难现鱼篮"

定、修行超凡的佛子善信呢！

"取经班子"踏上征途后，观音还以财色凶险等不同形式对他们进行考察、监督，如"四圣试禅心"中，便试验出唐僧、悟空禅心坚定，八戒露馅现丑，这一难就对取经人起到了很好的警诫作用。诚然，路线与政策制定之后，干部就是决定性的因素。成功选拔、考验取经人，体现了观音高超的领导艺术。

再次，《心经》为书中精神之魂。

据《西游记》介绍，唐僧取回佛经三十五部五千零四十八卷，《心经》虽不在其内，却最受作者推崇。真实的《心经》全称《般若波罗蜜多心经》，由玄奘翻译，系佛学之要旨和门径，全篇不过短短二百六十字，却寓意深刻，被《西游记》全文收录而愈加名扬天下。《心经》可说是唐僧一行的精神支柱。每逢灾难，唐僧便会默诵《心经》，平常时日，师徒之间也常常进行讨论。

还有一桩值得一说的小小公案：《西游记》中偶尔会将《心经》写为《多心经》，有人便以为是因为作者不识

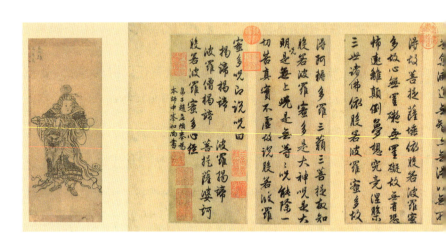

梵文"波罗蜜多"一词，在句读时误夺前面的"多"字而致错讹，并由此断定吴承恩不懂佛教。但问题并非如此简单，《西游记》的佛教主题是修心，"将多心修成一心"，故而以《多心经》之名指代《心经》，并无不妥。

传授唐僧《心经》的乌巢禅师，则被奉为取经人的精神导师，被作者推崇备至。《西游记》中写到，乌巢禅师住在乌斯藏界浮屠山，结巢在香桧树上，因与唐僧师徒交谈时言语冲撞，惹怒了急躁的孙大圣，悟空发飙：

　　行者心中大怒，举铁棒望上乱捣，只见莲花生万

（元）赵孟頫《般若波罗蜜多心经》

朵，祥雾护千层。行者纵有搅海翻江力，莫想挽着乌巢一缕藤。

　　这一次，战无不胜的孙悟空显然是踢到了铁板上，乌巢禅师的法力胜他太多。从等级上来说，起码是一位修成正果的菩萨。如果再从"浮屠山"这一地名联想开去，说乌巢禅师是如来佛祖的化身，或者说是其一支一脉，也似无不可。浮屠，本来就是佛陀的另一种称谓。

　　当然，在《西游记》中最能体现佛教精神的无疑还是我们的主人公——唐僧。

唐僧师徒路遇乌巢禅师
选自清佚名绘《清彩绘全本西游记》第 19 回"云栈洞悟空收八戒　浮屠山玄奘受心经"

在践行、弘扬佛法方面，唐僧的事迹可圈可点。他执着的禅心、坚定的意志已不必说了。最重要的是，他在佛理上首倡"心生心灭"论。记得唐僧刚刚决定去西天取经时，许多弟子来劝告。有的说水远山高，路多虎豹，有的说峻岭陡崖难度，毒魔恶怪难降。唐僧以手指心，点头几度，说："心生，种种魔生；心灭，种种魔灭。"意思是说，心里有魔，它就是魔，心里没魔，它就不是魔，修心可以战胜一切魔障。这正是禅宗的要义，是唐僧对《心经》的"顿悟"。"心生心灭"论当之无愧是玄奘大师对佛学发展的贡献。

最后还须指出的是，我们说《西游记》崇佛，并非简单地说书中有关佛教的一切都是好的。事实上，佛门也有金池长老这样的败类。但佛教本身的教义足以化解这些矛盾，比如佛教格言："佛魔一体，佛为魔侵。放下屠刀，立地成佛。"金池长老在修佛过程中"走火入魔"，堕入歧途，但这一个案并不构成对佛教的整体否定。何况他最终以生命来洗刷自己的罪愆，反而从另一侧面弘扬了佛法。毕竟，不知羞耻的老面皮才是真正的坏人！

再说《西游记》里的抑道倾向。

从佛道论衡的角度看，崇佛的反面必定是抑道。理解了崇佛的大旨，抑道的深意自然不难掌握。不说其中隐喻的道教金丹奥义，仅就文学的描绘来看，《西游记》的抑道倾向也是清晰可见的。

其一，玉帝昏聩无能。

在《西游记》中，玉皇大帝是道教最高神，主宰天庭，尊称"高天上圣大慈仁者玉皇大天尊玄穹高上帝"。

玉皇大帝
石家庄毗卢寺
壁画摹本

他修行一千七百五十劫（每劫十二万九千六百年），合二亿
二千六百八十万年，照理说应该以众生为念，勤于政事，
然而却整日里歌舞升平，不求进取，尸位素餐，安于现
状。他做的这几件事情特别遭人诟病：（1）法度不当，对
八戒、沙僧、白龙马的处罚都不公正、不合理；（2）不识
真才，轻视孙悟空而引发大闹天宫；（3）生活糜烂淫逸，
甚至延请太上老君炼丹，"企谋与王母娘娘更愉畅地过天
宫少有的夫妇生活"；（4）无掌控、应变能力，"妖猴"作
乱，他手足无措，只能借助外力实施镇压。竟是个十足的
颟顸昏君。

其二，太上老君庸俗化。

在《西游记》里，玉皇大帝扮演着道教教主的角色。
于是，太上老君在神谱中的地位很是尴尬。作为首席炼丹
专家，他精通丹术，尤擅外丹炼制，作品中直接写到的丹
丸即有还魂丹、定风丹、定颜珠等，理应是正面形象。可
是，作为玉帝延请的宾客，他居住在三十三天（忉利天）
之上的兜率天宫，专门为玉帝夫妇炼制豹丸，实在有失尊
严，威风扫地。

［日］葛饰北斋绘太上老君像

《西游记》中的太上老君还是一个滑稽形象。二郎神擒住悟空后，因他刀枪不入，无法行刑，老君自告奋勇，要用八卦炉将悟空锻炼成灰，结果被他催动三昧真火破局，踢倒鼎炉，老君自己"摔了个倒坠葱"，丢尽颜面。从此老君被孙悟空冷嘲热讽也只得装聋作哑，实是一个不折不扣的"屑小之徒，现世小丑"。

其三，帝王佞道误国。

《西游记》写到，西天路上有许多国王佞道误国，给人民造成灾难。如乌鸡国王误交妖道（实为文殊菩萨坐骑青毛狮子化身），被谋杀后丢进御花园的八角琉璃井中，江山沦陷，妻子归于敌手。鹿精（南极仙翁梅花鹿所化之妖道）谄媚比丘国国王，以一千一百一十一个小儿的心肝做药引，治疗阳痿，造成惨绝人寰的暴行。

早有学者指出，这是对明代帝王宠幸道士、失德失政的隐射。如比丘国王宠幸白鹿精，从彼此之间的亲密关系、上朝礼仪等方面表现看，即是明世宗朱厚熜宠幸道士邵元节、陶仲文的翻版。这一事例，印证了《西游记》对明世宗等帝王的批判和嘲讽，也体现了作者抑道的思想倾向。

至于其余妖道的各色阴毒丑行、道教方术之淫邪无耻，与上述狮精、鹿精的伎俩、危害相比，已属等而下之，这里不说也罢。统而言之，在《西游记》所呈现的庞大道教世界中，一众道士似乎是"洪洞县里无好人"。

3. 清凉：《西游记》的心学境界

《西游记》跋山涉水，降妖伏怪，火爆热闹，但也有宁静幽雅的一面。世人谓之心灵的"清凉剂"。

清凉，来自心学。

心学，是宁心静气、修身养性的学问。孟子说的"万物皆备于我"是开端，明代王阳明集大成。诞生于明代的《西游记》受王阳明心学影响极大，从外到里都有心学的影子。世德堂本《西游记》凡二十卷，以邵雍《清夜吟》

诗"月到天心处，风来水面时。一般清意味，料得少人知"二十字编目，看来并非偶然。邵雍是陆王心学的重要先驱，这首《清夜吟》也是著名的心学诗。清月意象，配上微风碧水，月为"阳中阴"，水为"风中柔"，两者相映成趣，水月之清，月映水中，意境优美，令人陶醉。

再看世德堂本陈元之《刊西游记序》：

其《叙》以为孙，狲也；以为心之神。马，马也；以为意之驰。……魔，魔；以为口耳鼻舌身意恐怖颠倒幻想之障。故魔以心生，亦以心摄。是故摄心以摄魔，摄魔以还理。还理以归之太初，即心无可摄。……此其以为道之成耳。

这段话充满象征隐喻意义：以狲、马为心意本真的借代，将魔视为达到心意本真的"颠倒幻想之障"，认为《西游记》降妖除魔，其旨即在"摄心以摄魔，摄魔以还理"，最终实现"归之太初""心无可摄"，也即原初心意本真"道之成"的境界。

深入《西游记》文本，心学内容随处可见。这些内容多半以清丽灵动的文字，夹在缤纷繁茂的故事里，成为一股"迎面吹来凉爽的风"。

第一回叙美猴王为求长生寻仙访道至西牛贺洲须菩提祖师洞穴——灵台方寸山，斜月三星洞。灵台、方寸，都是心的借代，斜月三星也暗指心，"斜月像一勾，三星像三点"，李卓吾评本发挥说："言学仙不必在远，只在此心。"孙悟空求道以及后来的取经，都是修炼心意的过程。

第十二回叙唐僧赴西天取经前，众僧以"峻岭陡崖难度，毒魔恶怪难降"相劝，三藏以手指心曰："心生，种种魔生；心灭，种种魔灭。"联系他常默念《心经》抵御外魔，可知他之所以能以微弱之身抵御外魔，战胜困难，力量的源泉即在于心。用今天的话讲：内心强大。

对于《西游记》的心学感悟，最深刻、最有影响的无疑当推晚明学者谢肇淛的"求放心"说：

《西游记》曼衍虚诞，而其纵横变化，以猿为心之神，

以猪为意之驰，其始之放纵，上天下地，莫能禁制，而归
于紧箍一咒，能使心猿驯伏，至死靡他，盖亦求放心之
喻，非浪作也。

这段话的意思是说，孙悟空开始时无法无天，恃力胡
为，而且"莫能禁制"，都是那颗燥热、狂动的心闹腾的，
后来皈依佛教，心灵重新平静下来，"至死靡他"，成了正
果，这是一个"求放心"的过程，也正是《西游记》的深
刻寓意所在。

那么，什么是"求放心"呢？

《孟子·告子上》说：

仁，人心也；义，人路也。舍其路而弗由，放其心而
不知求，哀哉！人有鸡犬放，则知求之；有放心，而不知
求。学问之道无他，求其放心而已矣。

孟子认为，大千世界，芸芸众生，只有赤子之心是
纯真无瑕的。在现实生活中，人们在成长过程中会受到诸

如功名利禄等私欲的侵害而丧失真心，这就是人们常说的心路闭塞、良知迷失。有的人鸡狗走失了知道满世界去寻找，心灵丢失了却麻木不仁，不求反思，这是很值得悲哀的。所以孟子说"大人者，不失赤子之心者也"，把保持儿童般的真诚视为有德君子的标志，所谓"含德之厚，比于赤子"。而学习和学问之道就是要把我们已经丢失了的赤子之心重新寻找回来，从而达到修身养性的目的。当然，"赤子之心"不是孺子般的无知无为，而是君子美德懿行的一种象征，借用现代西方文论术语，叫"人类的第二次童真"。

对于"求放心"说，鲁迅先生给予了很高的评价，认为清代关于《西游记》的讨论，谈禅、证道、说儒所见蜂拥，不一而足，但"假欲勉求大旨"，则谢肇淛关于"求放心"一说，"已足尽之"。

诚然，现实世界充满功名利禄的诱惑，炽热烦躁。用《西游记》的话说，是"在在火焰山，处处荆棘岭"。面对诱惑，我们更要守护好自己的心灵，自觉抵御火焰伤心，荆棘上身。淡泊宁静，心平气和，也即静和定，都是人最美好的品质。我们终究会发现，那种内心世界的镇定与宁静所带来的精神愉悦，才是我们孜孜以求的人性需求。而阅读《西游记》，即是走进清凉世界。在谬悠、荒唐的神魔故事中，在浪谑笑虐、参差俶诡的描写中，在充满"滑稽"和"厄言"的文字里，领悟修身养性的真谛，达到宁静无欲、鸢飞鱼跃的人生境界。

对此，古人早有感悟：《西游记》大旨在修身养性，"悟之者在儒即可成圣，在释即可成佛，在道即可成仙"。在炎热的大千世界，它是一股迎面吹来的清风，荡涤、净化着人们的精神和灵魂。

4. 自由：《西游记》的真正主题

"不自由，毋宁死。"文艺复兴三杰之一达·芬奇的这句格言流行至今。自由，是人类的终极目标。

自由，又是一个哲学概念，所谓"自由"说，则是当代读者关于《西游记》思想意义的一种哲理阐释，也可以称为一种《西游记》当代性主题观。

从哲学上讲，自由是人类通过对客观规律的支配和对现实世界的改造，而达到的一种冲破外部世界束缚和局限的理想境界。人类对于自由有着先天的爱好和追求，人的本质即是自由的本质，人类实践活动的基本特点是追求自由，人类的历史就是追求自由的生命形式、和谐的社会关系的历史，即是从必然王国进入自由王国的历史。

可以发现，一部"西游"大书正是围绕"自由"母题展开的，它是一曲古代中国人民追求自由理想的颂歌。书中的情节印证，体现在以下方面：

（1）猴王求道：生命自由的象征；

（2）太宗入冥：精神苦难的解脱；

（3）如来造经：对社会和谐理想的追求。

首先，孙悟空大闹天宫的发生，源于对生命自由的追求。

话说孙悟空在花果山做美猴王，所谓"花果山福地，水帘洞洞天"，正是块享乐的天地、美妙的居处。他在这里过着无忧无虑、潇洒烂漫的生活。如此自在的日子还不满意吗？孙悟空的答案是否定的。因为他难扼内心的忧虑和烦恼："今日虽不干人王法律，不惧禽兽威服，将来年老血衰，暗中有阎王老子管着，一旦身亡，可不枉生世界之中，不得久住天人之内？"原来虽然一时无拘无束，自由自在，但从生命本体的更高层次上说，这并不是真正的自由、最高的快乐、无限的境界，而只是一种短暂、有限的自由，难以挣脱生老病死的"自然之数"，即必然规律的支配。生命是自由的根本，没有了生命，一切自由的幸福全部归零。

怎么办？

孙悟空编筏渡海，四处寻师访道，求长生不老之术。在"灵台方寸山，斜月三星洞"拜须菩提祖师为师学成长生之术后，孙悟空重回花果山，剿灭入侵之敌混世魔王。为了保卫家园，他训练兵马；训练兵马就需要武器，于是他到东海龙宫强索金箍棒和锁子甲。因为得到称心如意的兵器，他在得意之中借酒劲梦闯地府，强行勾销"生死

天兵天将准备收伏孙悟空
选自清佚名绘《清彩绘全本西游记》第 6 回 "观音赴会问原
因　小圣施威降大圣"

簿"。龙王、阎王先后到天庭告状，玉皇大帝遂派遣十万天兵天将剿灭花果山——大闹天宫随即爆发。

其次，"太宗入冥"故事，昭示着对精神自由的追求。

唐太宗是彪炳史册的一代英主，他雄才大略，励精图治，建立了初唐贞观之治的不朽伟业。但另一方面，他一生征战，凶狠毒辣，戕杀生灵无数，特别是玄武门逼宫，杀兄谋位，也有不甚光彩的一面。由于"为尊者讳"且受传统政治文化特别是帝王观念的影响，文学作品大多对太宗一味歌功颂德，而对这不甚光彩的一面则很少有所反映。《西游记》却是真切地注意到了这一历史伟人的两重性，通过"太宗入冥"的故事揭示了唐太宗的双重人格。

作品写道：唐太宗在地狱鬼门关遇先兄建成、故弟元吉索命，"躲闪不及，被他扯住"，吓得胆战心惊；途经"奈何桥"，又见"一伙拖腰折臂、有足无头的鬼魅上前捉住"，狂叫"还我命来"，吓得太宗魂不附体。原来是"六十四处烟尘、七十二处草寇"（即被唐太宗征剿的各路诸侯）枉死的鬼魂。于是太宗当即在阴曹借得大批银两广为

唐太宗（左一）在枉死城前
选自清佚名绘《清彩绘全本西游记》第 10 回"二将军宫门镇
鬼　唐太宗地府还魂"

布施，并许诺还阳后大赦天下，广散钱财，举办水陆道场超度亡灵。

与孙悟空对生命自由的追求不同，这是对人的精神自由的追求。唐太宗贵为天子，居九五之尊，但他的心灵由于杀孽太重，很不安宁，精神上套着沉重的枷锁，内心深处怀有一种深深的内疚感、负罪感，并不自由，从中生发出一种不自觉的赎罪意识。而且这种负罪感和赎罪意识竟到了如此强烈的程度：这种心灵不宁如不消除，作为个体的他就无法摆脱精神折磨的痛苦，天子之尊、四海之富没有任何意义，虽尊犹卑，虽生犹死：他是世界上最不幸的人。

当然历史从不责备胜利者，帝王的尊严不可能使太宗在理智上对自己的奋斗历程作客观的反省，更不可能对曾经有过的过失和罪恶作任何自我谴责，而只是在潜意识中作艰苦的挣扎：一方面是万人至尊的成功感、荣誉感、满足感，另一方面则是难以名状的灵魂深处的负罪感和赎罪感。他所能做的只能是默默地承受着这两种力量撞击、搏斗造成的精神上的煎熬，因为对于精神上的疾痛，世上并无良药，谁也救不了他，只有依靠心灵的悟彻才能最后将自己从精神苦海中拯救出来，于是秉诚建水陆大会超度亡灵，便成了他一种无可奈何的抚慰精神痛苦、弥补心灵残缺、解脱灵魂苦难的手段。

请大家注意：高僧唐僧正是在主持太宗水陆道场时脱颖而出，被李世民结为"御弟"（"御弟哥哥"的昵称由此而来）委派去西天取经的。所以，"太宗入冥"故事构成了唐僧取经的缘起。它正是那一对扇起得克萨斯州龙卷风的巴西蝴蝶的翅膀。没有"太宗入冥"，也就没有《西游记》。

再次，如来造经的目的是拯救人类，可以理解为对社会和谐理想的追求。

如来是伟大的圣哲，为了拯救苦难中的人类开出了一剂救世良方，即"劝化众生"的三藏真经：《法》一藏，谈天；《论》一藏，说地；《经》一藏，度鬼。三藏共计三十五部。

撇开神魔小说神秘的宗教外衣，不难窥见作品的真谛正是在反映所谓"不贪不杀、养气潜灵""人人固寿、修真达善"的美好理想，消除现实生活中普遍存在的种种丑陋和罪恶。这是一种自由、和谐、完全不同于现实生活的美好境界，可以称之为大同社会、自由世界。

与以上所述的生命自由和精神自由又有不同，这是对和谐、合理、理想的社会生活的追求。作品通过如来之口所说的"山大的福源，海深的善庆"，则是对这种美好社会理想的充分肯定。唐僧取经的目的是报答唐王的厚爱，教化东土人民，其实质就是对这种和谐（也即自由）社会的追求。

作品关于"如来造经"的描写是子虚乌有的，但对自由、和谐的文明理想的追求，对美好社会生活的憧憬是真实的，其主观意向是强烈的。这种追求"自由世界"的强烈意向，源于作者对未来文明理想的设想和向往，也是吴承恩独特的美学追求的表现。若如来送经，不过举手之劳，但单纯的、自上而下的恩赐不能解救苦难深重的众生，唯有经过艰苦的奋斗，才能珍惜来之不易的幸福。即是说自由不是天赐的，只有通过艰苦的求索才能实现。作品描写唐僧师徒在取经途中受九九八十一难，正是人类追求自由（和谐）的文明理想之漫长、曲折的历史进程的表现。

从作品看，取经途中的重重困难来自三个方面：一是险恶的自然环境，即"峻岭陡崖难过"；二是妖魔鬼怪等邪恶势力，即山山有妖、处处有怪，"毒魔恶怪难降"；三是金钱美女及锦绣河山美景的诱惑。唐僧师徒的取经历程就是同这三种异己力量斗争，在物质和精神两条战线同时展开，与此相适应，作品在情节描写上波澜壮阔，艰辛曲折，而在思想和情感上则更是惊心动魄，扣人心弦。

令人欣慰的是，正是在追求自由文明理想这一信念的鼓舞下，取经队伍同心同德，排除万难，锲而不舍，终于取得了最终的胜利，到达了理想的彼岸。可以说，从哲学和审美文化的角度来看，追求和谐、自由的文明理想，正是《西游记》这部千古奇书的真实揭秘。人们爱读《西游记》，其内在的原因也即是对自由（和谐）这一哲学和审美文化范畴在理性层次上的认同（或曰共识）和感性层次上的共鸣。

对生命自由的追求，意在肯定生命本体的价值，赞美生命的乐趣；对精神自由的追求，意在放心畅神，使人如沐春风，人生充实，达观而安适，甘甜如饴，是一种更高的自由境界；而对和谐的社会理想的追求，则是对人类社会未来理想的向往，是人类从整体上进入自由王国的终极目标。这三个相互联系、不断递进的方面便是《西游记》所表现的人类文明理想的具体内容，从对个体生命自由的追求开始，到精神自由的追求，再到人类社会和谐的文明理想的追求，正符合了人类理想从低级到高级，从片面到全面的发展规律。

愿《西游记》这曲中国人民追求自由理想的颂歌永远响彻在伟大中华的辽阔大地上，永远响彻在实现中华民族伟大复兴的历史进程中。

5. 清朝人如何看待《西游记》？

所谓"清代三家评论"，源于鲁迅的论述。他在《中国小说的历史的变迁》里指出：

> 至于说到这书的宗旨，则有人说是劝学；有人说是谈禅；有人说是讲道，议论很纷纷。但据我看来，实不过出于作者之游戏，只因为他受了三教同源的影响，所以释迦、老君、观音、真性、元神之类，无所不有，使无论什么教徒，皆可随宜附会而已。

其时，胡适、郑振铎等人也有类似看法。比如胡适《〈西游记〉考证》说："道士说，这部书是一部金丹妙诀。和尚说，这部书是禅门心法。秀才说，这部书是一部正心诚意的理学书。"

所以，"清代三家评论"指的就是劝学、谈禅、证道诸说，是清人对《西游记》的认识，代表着一个时期《西游记》学术研究的特征和水准。我们应该历史地、辩证地看待"清代三家评论"。

一方面，小说评点是小说批评的主要方式，"三家评论"是清代《西游记》研究的主要方面，文字卷帙浩繁，其中不乏真知灼见。我们可以在"废墟里淘宝",感悟清人的理性智慧。三家姑且各举一例,供大家审察时参考。

其一,劝学。

劝学,即说儒一派,具体就是指张书绅用儒家经典《大学》来评点《西游记》。比如以《大学》警句"故君子必慎其独也"一语来概括《西游记》"泾河老龙犯天条"的故事。

在西游故事中,泾河老龙为一己私利,违背玉皇大帝的命令,推迟下雨时间,克扣雨点。他还以为玉皇大帝高坐天庭、自己偏居泾河龙宫,玉帝不能发现自己的行为,而且天高皇帝远,县官不如现管,他又能将我如何呢?没想到世界自有"六耳"在,"若要人不知,除非己莫为"。事情败露后,"犯天条"的老龙被押上剐龙台,"咔嚓"一刀,丢了卿卿性命。

而《大学》所说"故君子必慎其独也",意思是有德行的君子要光明正大,说话、做事都要严于律己,做到人前人后一个样。这句话也可以简要概括为"慎独"二字,

泾河龙王犯天条
选自清佚名绘《清彩绘全本西游记》第9回"袁守诚妙算无私
曲　老龙王拙计犯天条"

现在许多人会在自家大厅悬挂"慎独"的匾额以为自勉，本意便是如此。以此意来推断，"泾河老龙犯天条"不正是一个君子慎独的反面教材吗？张书绅用"故君子必慎其独也"来比附"泾河老龙犯天条"，对于我们的人生修养，是否也是一种启迪？

其二，谈禅。

关于谈禅，容我试出一题：我们应该如何理解灵山阿傩、伽叶两尊者的索贿行为？

话说唐僧一众历尽苦难抵达灵山，眼看就要获得真经，因不及向阿傩、伽叶两尊者敬贡"人事"（即礼物），两尊者竟以无字真经相授。要不是燃灯古佛命白雄尊者吹散经担，露出无字经书，师徒一行或许要背着这些无字经卷回东土大唐了呢！孙悟空愤怒地打上灵山，责问佛祖纵容下属"揩财"舞弊，如来竟为两尊者辩护，说什么："经不可轻传，亦不可以空取。"对此，后人一直以为佛之诟病，认为佛教虚伪、徇私、腐败。

其实，如果站在佛教哲学的立场上，答案并非这样简

无字经书
选自明代内府彩绘本
《西游记》

单。清代陈士斌在评点本《西游真诠》里别有见解。他认为，如来的真经有两种形态：有字真经和无字真经，形式及用途不一。"以无字之经度上智，以有字之经度众生"；无字真经为"顿法"，有字真经是"渐法"。两者适合于不同的受众，陈士斌称之为"因材施教"。同时他指出如来说"经不可轻传"，需要交钱，也是如来慈悲之意，唯恐凡众因得来太过容易而不识真谛，怠慢亵渎，这与如来造经，不予赐送，而要唐僧"苦历千山，询经万水"求取的本意相通。

应该承认，如果没有对《西游记》作者创作立意的真切感应，没有对博大精深的佛教文化的深入领悟，陈士斌是断不可能得出这段独到而精深的见解的。如果将这一见解与后人一些一味批判的看法相比，陈士斌不特在时间上"领先一步"，在对问题的认识上也确乎"高人一头"。

"经不可轻传，亦不可以空取。"对于教学相长的师生关系，可以理解为：教师授课不可乱讲，学生听课不可胡学。是不是与"博学而笃志，切问而近思"的精神相通？所以，这句话已经成为大学课堂富有启迪意味的"金句"。

其三，证道。

"证道"说由清初汪澹漪在《西游证道书》中首倡。"证道"之道，美其名曰"金丹大道"。

那么，"金丹大道"又是何道？民间道教的核心要旨和修道的终极目标都是长生成仙，而成仙的最佳途径是炼服金丹。所以，简单说来，"金丹大道"指的就是炼制金丹的原理与方法。

金丹最初被唐宋年间的道教误解为一种有形的丹丸，吞服后有祛除疾病、延年益寿，甚至长生不老的神奇功效。道士支起鼎炉，采用红铅（女子经血）、秋石（儿童尿水）等一些稀奇古怪的材料，配以火候，即能炼成金丹，即外丹。后来的宋元全真教认为外丹术是无稽之谈，太过低级趣味，有失道教的品位。真正的"金丹大道"无需鼎炉，无需外在的材料，所谓的火候也不是什么文武火三昧火，而是以人的身体五脏为鼎炉，以人的精、气、津、液为材料，以无形之火修炼，即通过阴阳、五行、入定、坐关、休粮、守谷、还丹等方法，使心性的修持、锻炼达到最佳的状态，即是丹成。这才是正统道教的内丹术。

《西游记》中既有外丹道，也有内丹道。主要的炼丹大师太上老君就属于外丹派，他用八卦炉炼丹，使用的是文武火，炼成的丹丸储存在五个（暗寓五行）葫芦里，定期交付玉皇大帝服用。一些妖怪为了长生也在用鼎炉炼丹，当然同属于外丹道。至于白骨精说"唐僧是十世修行的好人"，吃他一块肉就可以长生不老，其实是把唐僧直接当作一粒丹丸了。

清初刊刻有《西游证道书》的汪澹漪推崇的是全真教内丹道，认为金丹是人体内的先天之气（通常写作"炁"）修炼后结成的圣胎。而圣胎无形，指的其实是一种气清神旺的身体状态。所以炼丹就是炼气。晚于（一说早于）《西游记》问世的《封神演义》里就将道士称为炼气士。汪澹漪还提了一个有趣的问题："为何老君八卦炉制服不了孙猴，如来却能定猿？"在他看来，老君的八卦炉是外丹术，心猿属火，将悟空投入八卦炉是"以火济火"，"二火互煽，弥见其燥酷决裂而已，又安望其定乎？"而如来以

孙大圣跳出炼丹炉
选自清佚名绘《清彩绘全本西游记》第 7 回"八卦炉中逃大
圣　五行山下定心猿"

五指化为五行山，"五行俱全"，属于内丹术，故而心猿"则不期定而定"。这里的"定"，特指彻底制服孙悟空。汪澹漪认为："一部《西游》，无处不合五行，无处不合金丹大旨。"

应当承认，汪澹漪以五行解释《西游记》，弥补了阴阳对立的二元简单特征，提升了金丹理论修身养性的丰富性。但同时需要指出的是：为了宣扬"证道"说，汪澹漪改造了佛祖如来的形象，让如来穿上了道袍，成为法力高于太上老君的道祖。不亦滑稽乎？

"清代三家评论"中颇有不少有趣见解，但其中也有诸多不尽公允、有失偏颇的言论，充斥谬误糟粕，理所当然受到后人批评。试举例为证：

其一，倚守门户之见，批评立场有失公允。

作为神魔小说，素有"天书"之誉的《西游记》笼罩着一层炫目迷心的外衣，儒、释、道三教合一，神仙妖魔鬼魅九流驳杂，思想极为深奥玄妙，同时为评点者随心所欲进行有利于自己的解读提供了空间和余地。清代三家评论各倚门户，便有一些从自身立场出发、将一己之私见强加于作品之上的言说。显然，如果这种"一己之见"过于膨胀，批评者陷于"走火入魔"的痴狂状态，他们的批评就不免会流于虚妄，谬以千里。劝学、谈禅、证道诸说，正同此类，态度不端，谬误渐多，在当时就引起相互之间的讥讽、讦击。

比如张书绅以《大学》附会《西游记》，认为《西游记》即是"《大学》之道"，以唐僧取经历难为"达至善"之途，以读《西游》为释厄、劝学之法，但"人皆可为尧舜"的说法，就显得言过其实。似乎只要《西游记》一卷在手，则"五经"不用再传，"四书"亦可不作，吹得神乎其神，明显过分了。还有陈士斌为了宣扬"三家会通、仙佛同源"的主张，采用民间"老子化胡"的谬说，说什么"老子出函关，化为浮屠，在西方教化蛮胡"。作为神话文学作品，《西游记》当然可以采纳想象奇特，甚至荒诞不经的民间传说，但评点作为小说批评，属于科学活动，不应违反历史事实，背弃理性态度，否则难免谬论流传，误导读者。

其二，批评方法机械、绝对。

"清代三家评点"贯注了评点者强烈的主体意识，虽然不乏有灵气的感悟，但一些分析显而易见失于简单、偏狭，表述笼统、模糊，下达判断时又陷入臆断和绝对的泥淖。一言以蔽之，便是缺乏理性精神和学术品质。

这种纯粹主观、轻视学理的评论方法，会导致评点的机械和绝对。纵观"清代三家评点"，在结构形态上，包括序跋、读法以及其他附录在内的整个评点多半散乱无序，各项因素缺少内在的逻辑联系。作为评点主体的眉批、夹批和旁批也显得随意、零星，更多只是即兴式的点评。它们作为"副文本"虽然黏附在《西游记》白文之下，但许多内容只是在自说自话，兜售劝学、谈禅、证道的私货，与《西游记》的文本并无直接关系。为了实现自己的"带货"预设，他们甚至不惜强作解释，或者干脆削足适履，捏造事实。

试举一例。汪澹漪《西游证道书》为了倡导"证道"观，把《西游记》的作者定为元初全真教道祖邱处机

（"邱"本作"丘"，因讳孔子改，本书通作"邱"）。为"证实"
这一结论，他可谓煞费苦心，殚精竭虑。首先，他伪造了
《西游记原序》，称该序是元代大文豪虞集所作，并将序言
放在卷首醒目位置，以点出"邱处机著《西游记》"的所谓
"事实"。《西游记原序》后又接《长春真君传》，宣扬邱处
机赴雪山觐见元太祖"一言止杀"的仁德功绩，最后再接
《玄奘取经事迹》，介绍唐僧取经伟业。三者连环互证，给
读者的感觉是再无可疑。果不出其然，从此以后，人皆谓
"邱处机作《西游记》"，无根之谈流行后世，陈士斌《西游
真诠》以下各本皆题"邱长春真君作"。最为可笑的是，连
攘斥佛道的张书绅竟也说什么"忆邱长春，亦一时之大儒
贤者，乃不过托足于方外"。为弘扬其所宗儒学，他又说，
"念人心之不古，身处方外，不能有补，故借此传奇，实寓
《春秋》之大义，诛其隐微，引以大道"云云，硬生生把一
个著名道士说成一代大儒。其削足适履而颠倒事实、胡言
乱语的弊病由此可见一斑。

　　鲁迅、胡适等现代学术大师都对"清代三家批评"作
了严厉批评。他们同心勠力，奋起横扫"谬说"。特别是

胡适，以秋风扫落叶之势对他们予以迎头痛击：

> 《西游记》被这三四百年来的无数道士、和尚、秀才弄坏了。道士说，这部书是一部金丹妙诀。和尚说，这部书是禅门心法。秀才说，这部书是一部正心诚意的理学书。这些解说都是《西游记》的大仇敌。现在我们把那些什么悟一子和什么悟元子等等的"真诠""原旨"一概删去，还他一个本来面目。

从此以后，现代《西游记》研究大大强化了理性意识，以学理析事实，从事实求真理，"清代三家批评"的弊端得到清理和纠正。

三　魅力四射的艺术精神

艺术是审美创造，《西游记》即是这种审美创造的宝贵结晶。其大气磅礴、恣肆汪洋的神话构架与浪漫文风，关注人类历史、现实、未来的理想情怀与追求自由精神的哲理蕴涵，以及那些借此喻彼、假象见义的象征方法与叙事策略，构成《西游记》的艺术本体和审美精神。

同时需要指出，在中国古代小说中，《西游记》的审美精神既是独一无二的，也是丰富和具体的。在下文中，我们择其要者予以评述。

1. 浪漫主义的巅峰想象

《西游记》的审美精神和艺术风格充满浓郁的浪漫主义

色彩。文学上的浪漫主义，按照一般的说法，就是"用热情奔放的语言、瑰丽奇特的想象、大胆而突出的夸张去描写特异的人物、事件和环境"。现人民文学出版社本《西游记》（第2至第3版）郭豫适、简茂森先生撰写的长篇《前言》和流行的中国文学史著作也都以"浪漫主义"来概括《西游记》的基本艺术特征，称这部作品"充满浪漫主义的幻想的色彩"，"表现了罕见的丰富的艺术想象力"，"在我国文学史上还没有一部作品能像它这样生动地描绘了一个完整的神话世界，创造了许多引人入胜的神话、童话般的故事"。

在我看来，《西游记》的浪漫主义，最主要的表现是幻想和想象的神奇。

且看开篇"金猴出世"：

茫茫东海中，伫立着巍巍花果山。首先，这山便不是一般的山峰，从天地"开清浊、判鸿蒙"之后就开始存在，乃"十洲之祖脉，三岛之来龙"，是蓬莱、方丈、昆仑等福乡仙山的世间根源。山上更有丹崖怪石，峭壁奇峰，彩凤双鸣，麒麟独卧。奇珍异兽、灵花异草俯拾皆是：寿鹿仙狐、灵禽玄鹤出入，瑶草奇花、青松翠柏常青，与传说中的神仙洞府一般无二了。而孕育孙悟空的那块石头，就矗立在这座花果山的"正当顶上"。

当然，这石头也不会是一般的石头，而是按周天正历、九宫八卦而生的仙石，"有三丈六尺五寸高，有二丈四尺围圆"，换算成现在的计量单位，就是一块高十二米多、周长八米的庞然大物。这块自开天地之后就存在的仙石，吸收天地精华后，经过不知多少年岁，养出了一个仙胎。有一天，巨石忽然迸裂，蹦出一个石卵，见风而化，瞬间变成一个"五官俱备、四肢皆全"，落地便会跑会跳的石猴子。

我们的主人公孙悟空，就在这惊天动地的一声巨响中出世了。

更神奇的事情还在后面：这石猴生来便通灵性，似乎知道自己的来处，为感谢天公地母的恩赐，跪拜了四方，结果由于他一出生就自带强大动能，"目运两道金光，射冲斗府"，眼中射出的金光直冲云霄，把居于天宫的玉皇大帝的灵霄殿都

灵猴出世

选自明无名氏绘《西游记图册》第 1 回"灵根孕育源流出　心性修持大道生"

撼动了。玉帝大惊失色，赶紧差千里眼、顺风耳出南天门查看，没料到这两位忘了使命，不负责任，敷衍了事，误导玉帝以为石猴只是寻常的"天地精华所生"，"不足为异"，没有把石猴扼杀在摇篮里，为日后孙悟空大闹天宫埋下了隐患。

这一段任意挥洒、不同凡响的华丽辞章，充分展示了作品恢宏浪漫的独特风采，尤其值得关注的是，"金猴出世"这一节还蕴含着中国古人对宇宙起源和生命起源的伟大构想。其中"每受天真地秀，日精月华，感之既久，遂有通灵之意"，"内育仙胞，一日迸裂，产一石卵"，"因见风化作一个石猴"等描述言简意赅，内蕴丰富，短短几句话，便顶得上一部漫长的生命起源史。自然辩证法告诉我们，地球上原本没有生命，它正是受天真地秀、日精月华的孕育，特别是受到风雨雷电和地壳运动等自然力的作用而诞生的。

再举一例：大圣大闹天宫时与二郎神斗法，大赌变化之术，描写奇妙有趣，神幻无穷，且深合大自然相生相克之规律：大圣力怯变麻雀而逃，二郎神便变饿鹰"抖开翅，飞将去扑打"；大圣变大鹚老（即捉鱼的鸬鹚），冲天而去，二郎神急变一只大海鹤，"钻上云霄来嗛"；大圣又变鱼儿"淬入水内"，二郎神又变鱼鹰去啄；大圣急变为水蛇，二郎神便变作一只朱绣顶的灰鹤，张着"一把尖头铁钳子"似的嘴来叼；大圣无奈中变作一只花鸨，隐伏在水草之中企图躲过二郎神的追袭，二郎神见状，怒不可遏，"取过弹弓拽满，一弹子把他打个陇踵"。

技高一筹的二郎神正享受着猫捉老鼠游戏的乐趣，为何突然勃然大怒？因为在古人看来，花鸨是水鸟中至贱至淫之物。悟空变成花鸨后，吴承恩还特地在后面加了一句："（花鸨）不拘鸾、凤、鹰、鸦，都与交群。"因此常用来比喻淫贱之人，比如妓院的老鸨。大圣如此变化，用现在流行的话来说，就是"伤害性不大，侮辱性极强"，因而大大惹恼了二郎神。

最后，大圣乘机滚下山崖，急忙中变为一座土地庙：口为庙宇，牙变门扇，舌头变为菩萨，眼睛变做窗棂，庙宇物件，一应俱全，只是尾巴不好收拾，匆忙中变为旗杆竖在后面。结果二郎神追到，一眼看穿了悟空的变化，举拳便捣：原来，古时候没有庙宇是将旗杆竖在后面的。

孙悟空与二郎神斗法
选自清佚名绘《清彩绘全本西游记》第 6 回"观音赴会问原
因　小圣施威降大圣"

在孙悟空与二郎神的这场紧张的追逐战中，匪夷所思的想象力和合理缜密的逻辑完美结合，惊心动魄又充满趣味，令人咋舌。

这种艺术想象在"火焰山"的故事中达到高潮。

唐僧取经途中，遇八百里火焰山横亘阻路。这火焰山"无春无秋，四季皆热"，热到什么程度？按当地百姓的说法，四周围是寸草不生，"若过得山，就是铜脑盖，铁身躯，也要化为汁哩！"即使离火焰山还有六十里的距离，初到此地的唐僧师徒已经觉得酷热难当。但是，要往西天去，火焰山是必经之地。躲不过，等不及，怎么办？

吴承恩这题出得神奇，解答更加神奇：芭蕉扇。火焰山上的火是天上神火，通常的人间之水不能扑灭，即使龙王降雨也无济于事。唯一的克制之物芭蕉扇自然也是一把神扇。按照书里的说法，这把扇子大有来历："本是昆仑山后，自混沌开辟以来，天地产成的一个灵宝，乃太阳之精叶"，具有"一扇熄火，二扇生风，三扇下雨"的神奇功能。

于是，取经路上九九八十一难中最具神采和刺激性的

"金葫芦寺过火炎山"
选自（元）王振鹏《唐僧取经
图册》，"火炎山"的意象或为
《西游记》所吸收。

一难就在这火焰山前展开。为了制服芭蕉扇的主人铁扇公主，孙悟空虽几番落败，仍锲而不舍，上天入地，想方设法，由此展开了一段奇幻迷人的"三借芭蕉扇"故事，最后终于取到芭蕉扇，顺利过了火焰山。所以我们说，火焰山奇，芭蕉扇更奇，孙悟空三借芭蕉扇过火焰山奇之又奇。

《西游记》的浪漫主义特质虽有公论，但也有人提出不同意见。他们认为，"浪漫主义"这个概念来源于西方文艺理论体系，并不能全面概括和反映这部中国传统小说的总体艺术特色。以"浪漫主义"来界定《西游记》，会挤压、过滤掉这部名著丰富、饱满、具有中国特色的思想文化。

虽然这一质疑具有很大的启示性，有利于研究者进一步认识《西游记》的完整艺术风格，但不容否认的是，《西游记》是在明代中后期激进文人追求精神解放的浪漫思潮中诞生的，在此背景下诞生的文学作品，自然具有浓烈的浪漫文风和理想主义精神。

众所周知，现实主义和浪漫主义是中国文学史上两大并行不悖的主潮。正如先秦文学有《楚辞》，唐代诗歌有李白，《西游记》是产生于明代的浪漫主义杰作。它以一己之力，把中国浪漫主义文学推到最高峰。

2. 悲喜交织的艺术氛围

真正伟大的艺术作品永远是多义的。就像"有一千个读者，就有一千个哈姆雷特"，就像贝多芬的《命运交响曲》不是单声部而是多声部，就像《荷马史诗》《红楼梦》《巴黎圣母院》等中外文学巨著永远可以在新的时代语境中获得新生，被不同的人解读出不同的新鲜意义，巨著《西游记》同样具有"复调结构"。除了神话载体和浪漫精神，《西游记》还具有喜剧性与悲剧性相交融的艺术特征。

什么是复调？所谓复调（polyphony），本来是一个音乐术语，指的是两条或两条以上各自具有独立性（或相对独立）的旋律有机结合，相互层叠构成的多声部音乐。后来，巴赫金借用这一术语，来概括俄国作家陀思妥耶夫斯基小说的诗学特征。

这一术语虽是由巴赫金命名，但中国古代文论中也不乏此类含义相近的批评文字。比如，脂砚斋对《红楼梦》的评论中就有这样一段话：

> 吾闻绛树两歌，一声在喉，一声在鼻；黄华二牍，左腕能楷，右腕能草。神乎技也，吾未之见也。今则两歌而不分乎喉鼻，二牍而无区乎左右，一声也而两歌，一手也而二牍，此万万不能有之事，不可得之奇，而竟得之《石头记》一书。嘻！异矣。

"绛树两歌""黄华二牍"，是说歌者绛树能同时唱出两首歌，书者黄华能同时写两种字体，这种神乎其技的技艺，在一般人看来，本该是"万万不能有之事"，却在《红楼梦》中出现了。在这里，脂砚斋就是用"绛树双歌，黄华二牍"来比喻《红楼梦》的艺术特征，借用巴赫金创造的术语，就是复调。我们仔细体味咀嚼就可以发现，《西游记》的喜剧构架之下隐藏着与此相反的别种情调：由于复杂、纷繁的社会历史条件的影响（如对明代严峻社会矛盾和重大事件的隐射），以及吴承恩对刻画人物内心世界丰富性的追求，《西游记》中许多人物和故事都具有一种悲剧精神或悲剧性况味。

比如王母娘娘的"蟠桃胜会"。这当然是一个辉煌无比的喜剧舞台，可你看看，天蓬元帅醉酒调戏嫦娥，被贬为荒野里的野彘；卷帘大将不慎打碎琉璃盏，被发配到八百里流沙河做饿妖，每日受万箭穿心的酷刑。结果可够悲催？一些所谓的妖精原本只是过着与世无争的生活，有的在深山里潜心修行，有的在浅潭里尽享快意。他们并未害人，却只是因为遇着唐僧师徒，便被佛祖纳入九九八十一难，成为圣僧"修心"的魔障而被"荡除划尽"，是不是有点无辜受戮的味道？

还有"圣母"殷温娇遭遇水寇的故事。她忍辱偷生，才换来最后的夫妻重圆、母子重聚，但沉冤昭雪之后，她"毕竟（投江）从容自尽"。人们不禁要问：她的自尽果真从容吗？如果从悲剧这一审美范畴考察，她一定是不从容的。因为悲剧的制造者是外在的邪恶力量。"自杀"只是刑侦学上的意义，从生命伦理上没有人会真正选择自杀。所以，她的投江自尽绝不会"从容",至少,她会在义无反顾的抉择中掺杂复杂的心灵受难,仿佛安娜·卡列尼娜的卧轨。

从这些例子可以看出,在浓郁的喜剧氛围背后,《西游记》也呈现出一股淡淡的悲剧之气。

当然,最典型的悲剧性一定来自主人公孙悟空。孙悟空生性顽劣,无法无天,普天神将"莫能禁止",却受制于紧箍咒的淫威,不得不跟随唐僧取经,"至死靡他"。"斗战胜佛"的所向披靡、战无不胜只是一种表象,背后隐藏着他的失败和由此产生的无奈。孙悟空具有悲剧性人格,这已是历代读者的共识。

那么,孙悟空悲剧的实质是什么呢?

考察文本实际,我们可以发现,孙悟空保唐僧取经是一个追求的过程,《西游记》主题的丰富性、复杂性,诸如自由、反抗、公平正义、宗教信仰等各类主题阐释,都必须通过这一追求过程表现出来。然而,孙悟空的追求过程,自始至终充满艰辛、困惑,充满事与愿违的无奈。所以,孙悟空悲剧的根源和实质,是陷入了"追求"的无奈结局。

86年版电视剧《西游记》中六小龄童扮演的孙悟空

动画电影《大闹天宫》中的孙悟空

动画片《西游记》中的孙悟空

[日]宇野浩译文，本田庄太郎绘《孙悟空》中的孙悟空

孙悟空是天地化身的自然之子，他希冀归属感，希望能与天齐寿，所以编筏渡海，背井离乡，去那个仙气弥漫的"灵台方寸山，斜月三星洞"拜须菩提祖师为师。尽管他勤奋修炼，学得筋斗云和七十二变两项绝技，结果却因为"卖弄神通"——其实也是展现师尊的教学成果——被逐出师门。

孙悟空不服玉皇大帝的管辖，不忿王母娘娘的轻视，反出天界，大闹天宫，高喊"皇帝轮流做，明年到我家"，结果被天庭联合各界统治者联手镇压，如来佛祖运用阴谋手段将他镇压在五指山下，他苦挨五百年，终于没了脾气——五行山下人迹罕至，他的怨气无处抒发，亦无人倾听。

孙悟空崇尚自由，渴望尊严，最是受不得气，却偏偏遭遇克星，受制于紧箍咒的威力，不得不跟随唐僧取经。最初时，他也有过激烈的反抗，想杀唐僧，后来是几度逃离唐僧，回到花果山做美猴王。但是命中注定，他既翻不出如来佛的手心，也挣不脱唐僧的"魔爪"，只能忍气吞声，强压悲愤，一路保护师父直至灵山。

总之，《西游记》的喜剧中有悲剧，悲剧外化为喜剧，是一部由喜剧和悲剧两种审美精神构成对立冲突而又和谐统一的悲喜剧。而孙悟空的奋斗历程和心灵受难——失落和失败——也常令历代读者扼腕叹息。尽管悲剧性不是这部作品的主旋律，但它犹如雄壮大合唱中的低声部，同样真切地萦绕在人们的耳际。从某种意义上说，比之诙谐幽默、嬉笑怒骂的喜剧性，"出师未捷身先死""风萧萧兮易水寒"的悲剧性更具有震撼力，也更富有荡气回肠的感染力。

3. 精致好玩的"游戏之作"

互联网时代，网络游戏流行。无论外界如何评价，在当代的流行文化中，它已经成为必不可缺的一环。但凡年轻人，谁没有玩过"魔兽世界"或是"王者荣耀"这样火爆的游戏呢？

在对《西游记》的多方评价中，"游戏"说也是其中颇有分量和影响的一种。鲁迅和胡适都曾说过，《西游记》

是一部"游戏之作"。如鲁迅认为《西游记》就是一个好玩的游戏，它"实出于作者之游戏"。读《西游记》就是开心一刻，独存鉴赏，令人乐此不疲。

虽然此"游戏"非彼"游戏"，但是，从现代网络游戏的角度出发阐释《西游记》的美学特征，却不失为一种新鲜的角度。现在，就让我们用"游戏美学"来检测、赏析一下《西游记》的魅力。

首先来看游戏的规则。

在"西游游戏"中，规则制定者是如来佛祖。"如来造经"的目的是拯救民众：南赡部洲（影射东土大唐）灾难深重，人民死后永坠阿鼻地狱，故如来造三藏真经，欲指引大众渡过洪波苦海，又担心民众愚昧，不识真谛，"怠慢瑜伽正宗"，所以要求民众自我觉醒，被选中的求经者唐僧"苦历千山，询经万水"，前往灵山求取真经。

为了保证取经游戏的顺利进行，如来在造经的同时制定了相应的游戏规则。

让我们来看看游戏规则的大致情况：

创意设计：如来佛祖

监督（裁判）：观音菩萨

取经人：唐僧师徒

目的地：灵山灵鹫峰

过程：九九八十一难

任务：取经

验收：唐王李世民接受真经

嘉奖：如来佛祖分封，取经人得道成真（游戏结束）

从《西游记》的总体构思来看，作为游戏，取经过程（作品的情节主体）始终遵循规则进行，按作品的说法叫"一路西行"。当然，为了加强游戏的生动性和曲折性，作品还设置了一条"规则与反规则"斗争的副线。孙悟空与取经统帅唐僧发生冲突几度脱离轨道、猪八戒因禅心不定产生动摇意欲退出、六耳猕猴试图颠覆如来的旨意冒名顶替自行取经……都反映出"反规则"的意向。作品的独具匠心为作品增添了无限的艺术魅力。

当然，在加强游戏刺激性、复杂性的同时，这个规则"绝对具有约束力"，不可挑战，不容颠覆，上述"反规则"者皆以失败告终。

其次来看游戏的特征。

《西游记》的游戏特征也符合现代游戏的定义。参加者的自愿原则、不同于平常生活的虚拟性、以攫取快乐为目的等现代游戏特征，《西游记》悉数具备。下面作具体剖析：

（1）自愿原则。

取经人加入游戏都出于自愿，包括形式上的自愿，即被胁迫的"自愿"。唐僧曾许下"洪誓大愿"："如不到西天，不得真经，即死也不敢回国，永堕沉沦地狱。"西天取经不仅出于"自愿"，而且是他一生宏志。悟空、八戒、沙僧和白龙马虽目的不一，各怀心机，但都曾向观音菩萨表示"愿去"，通过了菩萨设置的各种考验，并且实际上完成了游戏的全过程——就连猪八戒也是步履蹒跚地走完了十万八千里——所以基本都算自愿。

观音（代表如来）寻找取经人，与唐僧师徒都有"点化"之功，从游戏的"自愿原则"来说，就是在游戏之前商定"契约"。

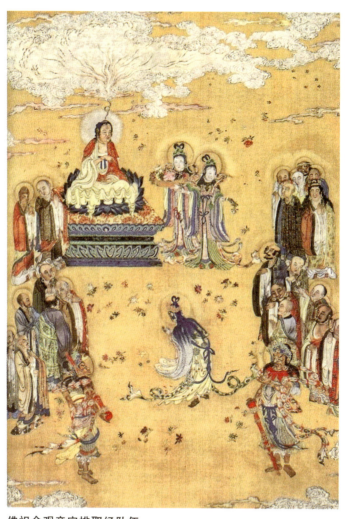

佛祖命观音安排取经队伍
选自明佚名绘《西游记图册》第8回"我佛造经传极乐　观音奉旨上长安"

（2）游戏的虚拟性——不同于平常生活。

大凡游戏，其意味全在超越生活常态，具有虚拟性。越接近生活本真，它就越缺乏刺激性和吸引力。如果与生活常态完全等同，那么游戏性几乎为零；反之，它越远离生活形态，则越有复杂性和难度。当然，如果太过复杂，就有可能吓退参加者，或者使游戏不能进行到底。《西游记》作为神魔小说，具有最大的虚拟性，最大限度地远离了生活常态，所以是难度最高的游戏——游戏难度直达满星。

在历史上，玄奘取经的目的只是"问难解惑"，所遇困难不外乎一路上的自然灾难和若干作祟的人间盗贼，而在《西游记》中，取经却成了"开民智，保大唐"的崇高事业，与之相对应的，他遇到的艰险除了穷山恶水外，还多了各路妖魔。猪八戒在取经路上常打退堂鼓，一方面说明他意志不坚，同时也说明这个游戏难度太大，参加者无法坚持。

只是，这样的安排不是指向如来设计上的弊病，而是用来证明这个游戏的复杂和周密：如来一方面派遣大量神佛下凡，化身妖魔捣乱搅局，以"九九八十一难"来增加难度；另一方面又安排观音等暗中保护取经人的安全，甚至赐予唐僧一件"百毒不侵"的锦襕袈裟，以确保游戏能艰难进行——他玩的是"一边关门一边开窗"的"上帝式"智慧。

（3）游戏的愉悦感——紧张、欢乐的情感。

"游戏是一个阳光灿烂的世界"，其第一要义是愉快，知识和道德教育尚在其次。

在《西游记》这个取经游戏里，取经人都在享受参加游戏的乐趣。唐僧以苦为乐，勇往直前。孙悟空兴高采烈，斩妖除魔。猪八戒一副乐呵呵的样子，永远"阳光灿烂"，整日插科打诨，是取经路上一枚可爱的"开心果"。

《西游记》情节叙述的模式可以概括为：失败—胜利、紧张—欢乐。前者是事实逻辑，后者是情感逻辑。《西游记》的艺术真实性固定在特有的游戏框架里，各类人物忘情投入，尽情表演，疯狂享受，在物我两忘的境界中体现自我意识和自我价值；而历代读者也在对这一游戏的观赏中，在与参加者的心理共鸣中感受其艺术魅力，度过"开心一刻"，完成一次次心旷神怡的精神之旅。

再次，在游戏规则和游戏特征之外，让我们来看看游戏背后的隐喻。

需要说明的是，我们把《西游记》比作一个游戏，是一种全新的现代人类学阐释，除了说明其游戏形式和特征、感受其中的魅力和乐趣之外，并不否认隐藏在游戏背后的文化意蕴。否则，"游戏"说就失去了作为文学批评的意义。

一般来说，一个游戏结构越庞大，其隐含的内容就越丰富。老子在《道德经》中说："埏埴以为器，当其无，有器之用。"意思是，和泥制作陶器，中间要留出空间，才能容纳、盛放物品，发挥器皿的作用。

借用现代文艺学原理的术语，这个"无"，就是"空白结构"。游戏，是一个"器"，是一个"空白结构"，富有开放性和包容性。只要不消解它的游戏性质，其进程一定有许多种方法，也一定有许多种不同的阐释。《西游记》也是一个"器"，一个"空白结构"，所以历来阐释纷繁不一，所谓"说不尽的《西游记》""说不尽的吴承恩"，即来源于此。

开放性的游戏结构为《西游记》搭建了一个意义平台，众多阐释则组合为《西游记》的象征意义群。《西游记》可以是儿童眼里的打妖怪故事，也可以是儒、释、道各家标榜的哲理之作，当然也可以当作密码来猜一猜，其实质都是对游戏设计者先验性立意的个性化揆度。

4.《西游记》里有爱情吗？

说起中国几部古典名著，读者大多有此共识：《红楼梦》"大旨谈情"，《西游记》主讲"神魔之争"。所以，缠绵忧郁的爱情是《红楼梦》的专利，而与《西游记》天然疏远。

然而，男女两性构成了世界两极，没有女性的世界不是一个完整的世界，缺少爱情的故事也不是一个完整的故事。正是女性作为"第二性"的存在，才缔结起人类社会的生活和历史，也编织了艺术世界的精彩和绚丽。

所以，如果说《西游记》果真疏远和抗拒了爱情，那无疑不是优点，反而是一个缺陷。后人似乎意识到了这种"缺陷"，并作出各种修补和纠正。主要者有二：

其一，董说《西游补》。

明末文人董说最早注意到《西游记》的情关："四圣试禅心"绊倒了八戒；唐僧在西梁女国好不容易才挣脱爱情的是非圈。师徒二人都在情关有所留恋，但孙悟空通天彻地，"跳出五行外，不在三界中"，不知情为何物，一生不为情困。董说认为《西游记》的"情关"还不甚完整，于是在续书《西游补》中创作了一个孙悟空为情所困的故事。

其二，央视 86 年版同名电视剧《西游记》。

第 16 集《取经女儿国》是央视电视剧《西游记》中最华丽的故事。它的内容不是斩妖杀怪，而是爱情的诱惑与挣扎；故事不是发生在崇山峻岭或穷乡僻壤，而是在富丽堂皇的皇宫内院，在在披锦，处处列秀，时时惊艳。女王与御弟哥哥的爱情感动了几代人。"悄悄问圣僧，女

唐僧与女儿国国王
选自清佚名绘《清彩绘本西游记》第 54 回"法性西来逢女
国　心猿定计脱烟花"

儿美不美？"委婉、缠绵的歌声勾人魂魄，曾传遍华夏大地，至今还是许多人的手机彩铃与 KTV 必点歌曲。

问题是，即使《西游记》爱情元素稀缺，需要由后人来补足吗？

我们的答案是否定的：未必。原因如下：

首先，很难补得好。

如上所示，董说《西游补》和央视 86 年版电视剧中的《取经女儿国》虽然吸人眼球，但这些所谓的爱情故事终究与《西游记》隔着一层，甚至有狗尾续貂之嫌。《西游补》叙写孙悟空入梦，为"鲭鱼扰乱，迷惑心猿"，做出一系列与取经无关的杂事来，最后觉悟，从梦中醒来，"乱穷返本，情极见性"，悟空打杀鲭鱼精，收束"放心"，重新回到取经的正道上来。可见，说到底，《西游补》还是旨在心性的修行。作为取经路上的魔障，孙悟空打死鲭鱼精与打死假猴王六耳猕猴"化二心为一心"没有两样。这样的情感纠葛，说不上是一种纯粹的爱情。

至于电视剧中女儿国国王与唐僧的爱情，则属于影视艺术跨文本移植的再创造，更多来自导演的艺术构思和自由发挥。吴承恩《西游记》原著里的"西梁国留婚四十三难"，其实是唐僧所历九九八十一难中的一难，但爱情会成为"难"吗？所以我们在女儿国里看不到一个真正的爱情故事，原因容后再说。

具体问题需要具体分析。《红楼梦》爱情满满，《西游记》爱情稀缺："凡是现实的，都是合理的。"

其次，《西游记》里本身就存在爱情故事。

爱情因人而异，各类文学作品中的相关描述更是千变万化，无一雷同。《红楼梦》中的爱情自然凄婉动人，但《西游记》中也不是完全"无爱"。只不过，书中的爱情描写不合常规，是一种异样的、甚至带有颠覆性的爱情描写。我们从原著文本出发，通过细读细嚼，在隐喻和变异的描写中可以搜索、发现爱情的"小红花"。

宝象国百花公主和黄袍怪的故事便是一例。只不过这是一朵迷乱、错放的爱情之花，本来绽放在天界的"爱之花"移植到人间，开错了地方，注定要早早凋谢，其中的爱情意味，自然很容易就被读者忽略了。

黄袍怪是何方妖孽？百花羞又是何许人物？

黄袍怪被擒后曾道出这场"爱情游戏"的前因后果。原来，他本是天庭斗牛宫外二十八宿之一的奎星奎木狼，因与披香殿侍香的玉女相恋，不被天界所容，因此不惜舍弃神仙身份，与玉女双双下界投成人身。玉女先下界投生为西域宝象国三公主，因其貌美，小名百花羞，人称百花公主。奎木狼却不小心投到碗子山波月洞为妖。

若奎星与玉女在凡间能如愿比翼双飞，举案齐眉，无疑可以成就一段佳话。谁知这下凡途中出了差错：玉女转世后不仅失去了神仙身份，同时也忘却了前世约定，她忘了当初天庭里的爱情誓言，更忘了已经成为妖怪的奎木狼，旧情从此难续。仍留有记忆的黄袍怪则坚守承诺，把百花公主摄到自己的洞府中，成就了一段十三年的姻缘。但人妖殊途，失去记忆的公主畏惧于前世情郎如今的妖怪身份，时刻想逃离魔窟，并最终在悟空等人寻上门来时背弃了黄袍怪，背弃了这份前世约定的"爱

［日］葛饰北斋绘百花羞像

情"。黄袍怪的情意绵长遭遇了百花羞的冷若冰霜，不禁令人扼腕叹息。

令人感慨的是，百花羞的背叛丝毫没有妨碍奎木狼的痴情。为了这段姻缘，他不惜自毁"仙"途，在人间做妖陪伴百花羞十三年，且对恋人有求必应。用他的话说，在妖怪洞穴中，百花羞"穿的锦，戴的金，缺少东西我去寻"，"四时受用，每日情深"，其中的执着与辛苦，正应了元好问的感叹："问世间情是何物？直教人生死相许。"

要怪唐僧一行路过，以降妖伏怪为乐的孙悟空横插一杠子；更要怪吴承恩冷酷，把这一份浑然天成的爱情当作九九八十一难的第三十一难、第三十二难、第三十三难来写，还把美丽可爱的玉女写成了一个"无情的情人"，把奎星写成了一个爱情的殉道者。否则的话，黄袍怪与百花羞，说不定可以安然度过幸福一生，完成前生约定。

现在，让我们回过头来聊一聊女儿国的故事。女儿国

孙悟空解救百花公主
选自清佚名绘《清彩绘全本西游记》第 31 回"猪八戒义激猴
王 孙行者智降妖怪"

国王与御弟哥哥，称得上是《西游记》中的"第一爱情"。但这事挺复杂，很值得细品一番。

在央视86年版电视剧《西游记》里，女儿国国王与唐僧之间有了一场朦胧缠绵的恋爱。女儿国国王被描绘成一个对唐僧痴情不改、但又只能默默看他离去的伤情女子，从来不恋女色、不移佛心的唐僧也有些心猿意马，躲躲闪闪，颇有些"想爱而又不能"的感觉。走出皇宫、重踏取经征途的那一刻，配上杨柳依依的画面，和"悄悄问圣僧，女儿美不美"这样情意绵绵的歌词——如此画面，基本上等同于一则"此情可待成追忆"的爱情故事了。

但是，只要仔细品读《西游记》中第五十四回的女儿国故事，我们就可以发现，书中所述和电视剧的情节差别有点大，有的地方甚至毫不相符。显而易见，这是电视"绑架"了文学，导演"篡改"了《西游记》原著。

在原著中，唐僧与女儿国国王之间并没有发生爱情，一点点都没有。这在女儿国国王和唐僧两人身上都可以得到印证。

其一，女儿国国王的目的是找人种，求婚配。

顾名思义，女儿国是一个只有女人、没有男人的国度，街上"长裙短袄，粉面油头，不分老少，尽是妇女"。女儿国国王说："我国中自混沌开辟之时，累代帝王，更不曾见个男人至此。"女性若要繁衍后代，就需要借助子母河的"圣水"。因为没有男性来过这个国家，所以当唐僧师徒出现在女儿国的街头时，这些妇人竟然"鼓掌呵呵，整容欢笑"，"塞满街道，惟闻笑语"，简直到了举国欢庆的地步。可以用她们见到师徒四众时的一句话来归纳："人种来了！"——在她们眼中，唐僧妥妥的是一个传宗接代的"工具人"了。子母河边的老婆婆也曾对唐僧道出实情："我这里乃是西梁女国。我们这一国尽是女人，更无男子，故此见了你们欢喜。"

如此盛况，首先是女儿国民众对陌生事物的好奇心作祟，但更多的恐怕还是出于她们对男人的需求——是需求，而不是爱慕，更不是仰慕。这种需求，从生理角度说，当然是阴阳交合的需求；从伦理角度说，是婚配的需求。而她们大呼的"人种来了"，则概括了生理和伦理两方面的需求——怀孕。这既是生理行为的必然结果，又是伦理婚配行为的客观目的——传宗接代——的必然结果。

令人忍不住要揶揄的是，即使男性稀缺至此，女性心中始终存有一点"小心思"。猪八戒对女儿国太师说"打发他（指唐僧）往西去，留我在此招赘"时，太师满脸不乐意地说："你虽是个男身，但只形容丑陋，不中我王之意。"可见，"爱美之心，人皆有之"，除了生理和伦理的需求外，女王对"颜值"也是有要求的，并非是捡到篮里就是菜。"颜值"要求多少与审美有些关系，这大概算是女儿国故事的第一等亮色。不过可以肯定，不论是生理需求，还是伦理需求，又或是女人的一点"小心思"——对男性美貌体形的虚荣心——都没有哪一点是和所谓"爱情"沾边的。

女儿国是一方净土，没有受到腐朽的封建伦理特别是程朱理学的沾染。女儿国国王秉性率真，一张白纸，无拘无束，敢爱敢说，敢爱敢做，所以就做出了对唐僧死缠烂打、要求婚配的行为。

其二，唐僧则要守戒律，求真经。

被女妖精劫持，这样的经历唐僧已经不是第一次遇见了。但是和以往相比，唐僧这次显得有点唯唯诺诺，闪烁不定，并没有像以前那样奋力反抗。当女儿国迎阳驿站——没错，是"迎阳驿"，吴承恩专门为唐僧量身设计的驿站名字——的驿丞第一次对唐僧说起女王想"招赘御弟爷爷为夫"时，唐僧的反应只是"低头不语"。太师见状，又添油加醋，用女儿国的财富来诱惑唐僧："似此招赘之事，天下虽有；托国之富，世上实稀。请御弟速允，庶好回奏。"并叮嘱："大丈夫遇时，不可错过。"唐僧的反应是"越加痴痴"。

正是这"不语"和"痴痴"，为后人留下了想象和编织爱情故事的空间。

那么，这"不语"和"痴痴"之间，唐僧究竟在想什么呢？

　　请看！唐僧同三个徒弟商量对策，孙悟空劝他干脆和女王成婚，理由是"千里姻缘一线牵"，怎么会有这样的巧事呢？他严词拒绝。这"拒绝"大约可分三个层次。

　　第一层次。唐僧说："徒弟，我们在这里贪图富贵，谁却去西天取经？那不望坏了我大唐之帝主也？"这是唐僧的真心话——富贵是唐僧最不屑、最舍得抛弃的东西，取经才是唐僧的终极理想。这一点，凡是看过《西游记》的人，大概都还记得"四圣试禅心"故事里唐僧的表现。

　　第二层次。唐僧的拒绝理由是："教我在此招婚，你们西天拜佛，我就死也不敢如此！"这里，唐僧提到的关键词是"招婚"，也就是说，凡人生活中最重要的伦理行为——婚姻，对于以取经为使命的唐僧也是可以轻易舍弃的。入赘女儿国，放弃取经，唐僧宁死不从。这种气节，真要给唐僧一百个赞。

　　第三层次。悟空劝唐僧说成婚只是假意，是为了将计就计骗取关文，让女王放徒弟三人西行，成功后必然施法救走师父。此时，唐僧拒绝的理由是："但恐女主招我进去，要行夫妇之礼，我怎肯丧元阳，败坏了佛家德行；走真精，坠落了本教人身！"直到这最后一步，唐僧才说出了自己心里最隐秘的想法，即担心"夫妻之礼"会摧毁自己恪守一生的佛教戒律，破了自己的元阳真身。当年如来佛祖放出话儿，取经人必须是虔诚的佛子——"善信"，唐僧如果破了色戒，就自然失去了取经的资格。

上述三个层次由浅入深，由表及里，层层推进，但又相互联系。无论在哪一个层面上，唐僧的态度都是明确的：守戒律，求真经，坚决拒绝入赘。只不过在"生理—心理"的深层结构里，他还是留下了一丝心猿意马、猫抓鼠窜的痕迹。

那么，为何之前唐僧对勾引他的女妖精们那么决绝，而这一次却软弱踟蹰呢？想来那些妖精不是人身，而这次的女儿国国王，不仅是活生生、香艳艳的女儿身，还有着高贵荣耀的背景。唐僧来自大唐上国，总是要讲点礼数，不能随便违拂了女王的好意。况且，女王还握有要命的关文呢！——没有国王签署的关文，唐僧一行就走不出女儿国。说到底，一切还是要从取经大局着想。

所以，此处敲黑板，《西游记》中唐僧和女儿国国王的故事，根本不是电视剧里演绎的那样缠绵悱恻的爱情，而是一个非常简单的男女相遇引发"浪漫邂逅"的故事。

5. 人物灵魂的淬炼形塑

现在，我们来欣赏《西游记》塑造人物的艺术。

高尔基说过：文学是人学，是塑造人的科学。作品的审美价值、作家的艺术造诣都将在人物塑造上显现出来。对孙悟空、猪八戒的评论已经过剩，为了避免"审美疲劳"，我们单挑沙僧作为评鉴的"样品"。

沙僧是唐僧的三徒弟，入门晚，地位低，斗妖魔时只会给孙悟空、猪八戒打打下手，作用不是很重要。而且他为人沉闷木讷，一向不受读者待见。前些年央视春晚的相声还讥讽他翻来覆去只会说几句车轱辘话："大师兄，师父被妖怪抓走了！""大师兄，二师兄被妖怪抓走了！""大师兄，师父和二师兄被妖怪抓走了！"他只会通风报信，且通报的又都是坏消息，着实无趣，讨厌。

不过，有一点要提请读者注意，沙僧最后被如来佛祖封为"金身罗汉"，即金子铸就的罗汉。是金子总会发光，沙僧也有金子般的闪光点，那就是：在唐僧的三位徒弟中，沙僧的意志最为坚定，对取经最忠诚，可说是死心塌地。如果给他配一个内心独白，那肯定会是：大师兄和二师兄尽管作，要离开师父算我输。

不信且看。悟空刁蛮，心高气傲，不受唐僧管束，多次脱离取经的轨道，回到花果山重操旧业，去做他呼风唤雨的美猴王。不管出于什么原因，做过逃兵，在"革命"生涯中总是一个污点。八戒名为"八戒"，实是作者的反讽。他佛心不定，六根不净，杀生、奸淫、偷盗等一律不戒，还视取经为老和尚闭着眼睛念经——瞎掰，动辄吵着"散伙"，闹着要分了行李回高老庄做女婿。沙僧可有这般言语、这般行为？

没有。他始终兢兢业业，挑担牵马，默默耕耘，无怨无悔，努力"营业"每一天，真正做到了"不忘初心，牢记使命", 是取经队伍里难得的"正能量"。

那么, 沙僧的佛心为何如此坚定? 他为何对取经如此死心塌地?

天底下没有无缘无故的爱, 也没有无缘无故的恨。且听我细细道来。

其一, 沙僧有强烈的赎罪意识。

沙僧有原罪。他前世也曾位列仙班, 是天庭灵霄殿里的卷帘大将, 按照现在的说法, 是"体制内"的。只因不幸在蟠桃会上打碎了王母娘娘的心爱之物——琉璃盏, 被判重击八百下(用击雷的重锤), 贬到荒凉的流沙河做饿妖, 遭受利剑穿胸的惩罚, 每七天一次, 每次穿刺百余下——这个刑罚, 连被钉在高加索山上的普罗米修斯听了都会流泪, 沙僧的遭遇何等凄惨!

对于自己受到的惩罚, 沙僧是买账的, 因为他确实打碎了琉璃盏, 而且是在蟠桃会上失的手。他为何会在如此隆重的庆典上"失手"犯下低级错误? 难道是像猪八戒那样暗恋哪位女神仙, 走神恍惚? 又或者是贪杯误事, 酒劲上来，双手把握不住？统而言之，沙僧可以说是秘书本领没有学到位，服务工作没有做到家，犯了领导的大忌，捅了篓子。所以他心甘情愿接受玉帝的重罚，从不迁怨别人。现在，仁慈的观音菩萨给了他赎罪的机会：保护唐僧去西天取经，将功赎罪，重列仙班。他当然要抓住机会，并发誓尽早尽力完成取经使命，以求脱罪重生。

其二，沙僧有远大的理想和抱负。

沙僧虽然言语不多，但心事挺重。草根出身的他本就不是什么有后台有背景的"仙二代"，也不是出类拔萃、引人瞩目的仙界"后浪"，而是靠苦修成仙。关于他的修仙之道，《西游记》是这样写的：

> 自小生来神气壮，乾坤万里曾游荡。
> 英雄天下显威名，豪杰人家做模样。
> 万国九州任我行，五湖四海从吾撞。
> 皆因学道荡天涯，只为寻师游地旷。

沙僧自小志向远大，即"神气壮"，早早出家远游闯荡，

观音给沙僧加入取经队伍的机会
选自明佚名绘《西游记图册》第8回"我佛造经传极乐　观
音奉旨上长安"

目的是要改变命运，做个英雄豪杰。他的游历很是辛苦，又是"万国九州任我行"，又是"五湖四海从吾撞"，走了数十遭，百余趟，反复在辽阔的土地（天涯地旷）里转圈，才遇到了引度他的神仙。修仙不易，对成仙的结果就格外珍惜。

然而，一次小小的意外断送了沙僧在天庭的远大前程。对此沙僧是不甘心的，如果可以通过赎罪重回仙班，再铸"南天门里我为尊，灵霄殿前吾称上"和"往来护驾我当先，出入随朝予在上"的辉煌，那么，他一定会义无反顾地去做好这件事情。请看——

有一次八戒又生疲惫之心，向悟空提出散伙的要求，沙僧一听，便"打了一个失惊，浑身麻木"，说："我等因为前生有罪，感蒙观世音菩萨劝化，与我们摩顶受戒，改换法名，皈依佛果，情愿保护唐僧上西方拜佛求经，将功折罪。今日到此，一旦俱休，说出这等各寻头路的话来，可不违了菩萨的善果，坏了自己的德行，惹人耻笑，说我们有始无终也！"如今碰到一点困难，怎么可以忘掉初衷，半途而废呢？

沙僧像
*Researches Into
Chinese Superstitions*,
By Henri Doré, Ser.2,
Vol.8, 1926.

这与其说是对八戒的劝诫，毋宁说是沙僧的夫子自道，出自肺腑，言真意切。

其三，沙僧与唐僧有宿命般的特殊因缘。

在《西游记》里，沙僧做自我介绍时有过这样一番话：

菩萨，我在此间吃人无数，向来有几次取经人来，都被我吃了。凡吃的人头，抛落流沙，竟沉水底。这个水，鹅毛也不能浮。惟有九个取经人的骷髅，浮在水面，再不能沉。我以为异物，将索儿穿在一处，闲时拿来顽耍。

流沙河水妖吃取经僧原来是一个古老的故事，晚唐五代说经话本《大唐三藏取经诗话》即有记载。中国古代有许多僧人去印度取经，著名的有三国朱士行、东晋法显和唐代不空、玄奘等人，因为取经路途艰辛，很多人有去无回，于是民间就生出取经人被流沙河水妖吃掉的恐怖故事。其中玄奘名气最大，他的取经经历也衍生成各种故事。后来，人们就干脆说他多次葬身流沙河，到了第N次才终于收服沙僧，并由沙僧化为金桥渡过流沙河。

显然，《西游记》继承了这个故事，唐僧被写成"十世修行"的僧人，那么他的前九世呢？就是被流沙河沙僧吃掉了。流沙河鹅毛不浮，但那九个"前世"唐僧的头颅却能浮水不沉，令沙僧感觉神异。后来沙僧按照观音的嘱咐，把九个头颅枯骨做成项圈，作为与师父唐僧相认的标记。所以，我说沙僧与唐僧有着宿命般的特殊因缘。

　　难为吴承恩，这个师徒关系真不好写。沙僧项圈的九个珠子正是自己前世的九个头颅，唐僧每天见着，不知会作如何感想？好在彼此似乎都灌了孟婆汤，记不起从前往事。不过，或许正是有了这层关系，沙僧对师父更加敬畏，更加虔诚，取经也更加尽心、努力。显而易见，他对取经死心塌地，其实正是对师父唐僧死心塌地。

回味无穷的文学畅想

从文艺鉴赏学的角度来说，阅读文学作品的目的首先在于审美，在于从审美的角度追求心理的愉悦。

不错，读书不仅能够明智，更可使人快乐。作为文学中的经典，《西游记》的阅读更是具有多重功效。除了可以让读者在身心愉悦中获得"欢乐一刻"，其恣意汪洋、澎湃如潮的想象和秀丽典雅、引人入胜的诗文，也引导着历代读者在文艺欣赏中感受到精神和心灵接受洗礼带来的满足，从而获得一种无可替代的"创造和享受的乐趣"（马克思语）。

《西游记》里趣事很多，而且有些趣事值得分享和回味。它们既凝聚着吴承恩的人生感悟，也为历代读者进行天马行空的艺术畅想提供了广阔的空间。

1. 孙悟空的武功变弱是何因？

大凡看过金庸武侠小说的人都知道，侠客的武功总是越练越高，乔峰、郭靖等绝顶高手都是经过长期苦练达到武学化境的。可是，令历代读者感到奇怪的是，从大闹天宫到西天取经，孙悟空的武功竟然表现为一种"逆生长"模式，随着时间推移，不高反低。且看：

大闹天宫时，孙悟空很是威风。说"前无古人"可能有点夸大，因为还有开天的盘古、射日的后羿等远古英雄横亘在前头，但说"后无来者"，却恐怕无人会提出异议。你瞧，他以一己之力把整个天庭搅了个天翻地覆，"九曜星闭门闭户，四天王无影无形"，连平日有大神通的九曜星君、四大天王都不是他的对手，看到他就一溜烟跑了，可说是"普天神将莫能禁制"。玉皇大帝束手无策，只好躲在龙椅底下大喊："只得他无事，落得天上清平是幸！"

但是，一到西行路上，孙悟空身上的英雄光芒立时暗淡了许多，究其武功修为，不仅与乌巢禅师、镇元大仙等仙佛中人相差甚远，甚至还敌不过红孩儿、蝎子精等一干小妖。每遇到难缠一点的妖精，就要到菩萨那里搬救兵，再没了当初大闹天宫一时无两的风头。所以，古人早已提出疑问："何乃自相矛盾尔？"为什么会出现这样自相矛盾的情况呢？

这个矛盾怎么才能说通呢？对此，从古至今，众说纷纭，莫衷一是，无稽之谈亦复不少。通过检索《西游记》学术史有关线索，联系作品的实际描写，我们一起来看看其中的原因。

其一，从"小人"到"君子"的转化。

《论语》有云："君子喻于义，小人喻于利。""君子泰而不骄，小人骄而不泰。"在中国传统文化中，君子是儒家的一种理想人格，指人格高尚、品行高洁的人。小人作为君子的对照，未必就是品格卑劣，但相对会更专注于个人利益。所以，这几句话的意思就是说，君子重义，小人重利。君子处事泰然而不骄傲，小人处事骄横却不从容。

那么问题来了：如果一个君子与一个小人发生矛盾和争斗，结果会怎样呢？

令人遗憾的是，很多时候，世间事并非以品行决定成败。在君子与小人的"交战"中，温文尔雅的君子总是失败者，刁钻野蛮的小人总是胜利者。大闹天宫时，孙悟空肆意妄为，玉帝统筹全局，所以孙悟空是小人，玉帝是君子；对战时，孙悟空成为所向披靡的胜利者，玉帝则是惊慌失措的失败者。到了西天取经时，孙悟空已然皈依佛教，代表佛界正统，转而为君子，而生于荒山野河、不受规则管束的妖魔们则相当于在野党，是可以肆意妄为、随心所欲的小人，所以孙悟空成了失败者，妖魔们则成了胜利的一方。

"小人闲居为不善，无所不至。"小人若是空闲下来，对社会是一件不利的事情。若他们钻营逐利，无所不至，不知道会在哪里闯出什么祸事来。《大学》中的这句话，确是至理。"赤脚的不怕穿鞋的"这句俗语，更是成为响亮的"小人宣言"。在社会上，小人（在这里，小人可以指为人处世中自私自利、损人利己的人）的破坏力非常大，常常"一颗老鼠屎坏了一锅粥"，成事不足，败事有余。有时，小人一亮招，大人君子就"中躺枪"，唯有穷叹奈何的份儿！

试问：如果一个小人借了钱，就是赖着不还，君子除了愤愤不平，自认倒霉，又能有什么办法呢？

当然，"小人无敌"的结果论不值得宣扬，如果一味追求利益，却不顾社会公理，不追求个人品格，终究不是长久之计。你看，悟空最后不是也归了正途？

俗语有云："此一时彼一时。"事物的状态会随着条件的变化而变化，这句话深含辩证之法。此为"理之不胜，非力之不胜也"。孙悟空武功忽高忽低，由高变低，不亦宜乎！

其二，美猴王是佛道两猴的集合体。

关于美猴王孙悟空的原型，向有鲁迅"本土"说与胡适"外来"说两种观点。鲁迅认为，孙悟空源出中华本土猴精传说，原型来自《山海经》中被大禹锁在龟山脚下的水怪无支祁，"明吴承恩演《西游记》，又移其神变奋迅之状于孙悟空"，偏重道教；胡适则认为孙悟空是印度史诗

中国本土神猴无支祁壁画像

《罗摩衍那》中神猴哈努曼的中国翻版，天不怕地不怕的哈努曼曾"大闹无忧园"，和孙悟空"大闹天宫"情节颇为类似——他的说法偏重佛教。如果融合一下，美猴王就兼修两道，成为佛教猴与道教猴的集合体。

事实上，在孙悟空的形象中，的确同时存在着佛教猴与道教猴两种基因。

结合《西游记》成书史，这"两只猴子"的来源，分别是晚唐五代时期的俗讲话本《大唐三藏取经诗话》

印度神庙里的哈努曼像

和明初杨景贤《西游记杂剧》，前者的猴行者由佛教典籍中的猴形护法神将化身而成，是为佛教猴；后者的齐天大圣形象常见于元明戏曲，属于中国本土猴精传说，是为道教猴。

一般说来，佛教教义拘束严格，外化为形，则大多佛教徒的形象都是文质彬彬，亲善可信，如济颠、鲁智深等实属异类；道教教义则相对少拘束，多任性，许多流传民间的形象也是不拘一格，各有风采，如铁拐李、吕洞宾等八仙就是典型代表。所以，民间流传的诸种作法驱鬼故事，神通广大的主人公通常是本领高强的道教神仙；而作为精神导师点化痴迷之人看破红尘、渡出洪波苦海的，通常是面容慈祥的得道高僧。

以此观察孙悟空的变相，大闹天宫中的孙悟空，更多带有道教猴的影子，性情放纵，武功强悍，甚至敢自封"齐天大圣"；而西天途中的孙悟空，身份是取经的和尚，时时受着唐僧紧箍咒的约束，无疑更多地体现出佛教猴的成分，故而循规蹈矩，武力偏弱。

总之，从大闹天宫到西天取经，从与妖魔称兄道弟到一路上除妖伏魔，孙悟空发生了角色的转型，从秩序的破坏者变为正统的维护者。正因如此，才会有人说孙悟空是阶级反抗的"叛徒"。

说孙悟空是个"叛徒"，会伤着大家特别是"西游迷""悟空粉"的感情。不如这样理解，大闹天宫是反抗旧秩序，西天取经是追求理想和真理，两者并不矛盾，所以"叛徒"一说并不成立。但不可否认，孙悟空的身份确实变了，借用现在流行的话语，他是从体制外挑战权威的

"在野党"变成了体制内维护秩序的"执政者"了。

一般说来，人在体制之内，享受到体制（通常是主流）好处的同时，也受着体制的约束。这个"好处"，是以牺牲个性和创造力为代价的；而身居体制之外，则似无根之浮萍，无所依附，漂浮东西，但同时他们也不必受体制束缚，无拘无束，创造力（破坏力）强大，自有一副生机勃勃的气象。

大闹天宫的时候，在野的孙悟空野性、奔放，欲望强烈，生命的激情之火蓬勃旺盛，战斗力随之高涨。反之，一旦获得正统地位，有了取经人的身份与待遇，必然将"削弱生命的原创力"，他的武功也随之变低。

这，无疑也是一说。

2. 猪八戒智商低下为哪般？

对于猪八戒，我们是爱恨交加，既厌恶，又喜欢。

猪八戒性格蠢笨，身体笨拙又智商低下，思维和行为都很愚蠢。他总是被跳脱刁钻的孙悟空欺负，干着最苦最累又不讨好的活不说，连好不容易省吃俭用积攒下来的5钱碎银子"私房钱"，也被猴子施计骗走，让人在心生同情的同时，又忍不住觉得可笑。

他还总是色迷心窍，自以为是。比如"四圣试禅心"那一回，几位菩萨化成美女考验唐僧师徒的心性，其他人都顺利过关，只有八戒一人禅心不定，想吃吃四位美女的"豆腐"，最后被悬吊在大树上晾了一夜，吃尽苦头，丑态百出。他也不想想，天上怎么会掉馅饼，一下子会有四个美女来俯就他？

那么，猪八戒为何如此蠢笨？此事说来话长。

别看老猪愚钝，其实他来头很大，名气很响，前生原为天庭天河里的天蓬元帅。有人说，这个职位相当于执掌水师的海军司令。我想这是望文生义，天庭没有海防，何来海军？不过这个问题不大。从作品中"朗然足下彩云生，身轻体健朝金阙"的描写以及当下流行的卡通形象

四圣考验猪八戒

选自清佚名绘《清彩绘全本西游记》第 23 回"三藏不忘本　四圣试禅心"

看，他原是一位俊朗英武的潇洒小生。然而，因为在蟠桃会上调戏嫦娥，他被玉皇大帝贬下尘世，错投于山村农家猪圈，化为猪身。

这一招妙啊，伤害性很高，侮辱性更强。

从动物学的角度来说，母猪生产极其高效，一胎生十个、二十个都不稀奇。因为每个小猪仔发育程度不一，所以出生间隔可以持续很长时间，一天、两天都有可能。猪八戒作为天神下凡，发育程度远超其他猪仔，他要出生时，其他猪仔还没成形呢！但母猪遵循"最大公约数"，只顾吃睡。再不出生，这天界的天蓬元帅就要憋死在娘胎里了，怎么办呢？

且看《西游记》写的是：猪八戒"咬杀母猪，打死群彘"，——破洞而出。

因为不是由产道自然诞生，而是靠自身蛮力硬挤出胎，身体多处软组织挫伤，大脑神经严重受损，八戒出生后就显得有些愚笨。不仅如此，他还背上了弑母杀弟（妹）的原罪——名义上的母亲也是母亲，名义上的弟妹也是弟妹——很少有人知道八戒出胎的事情。

这下大伙儿可明白：猪八戒为何如此蠢笨？

俗话说："傻人有傻福。"猪八戒虽蠢，福气却不错，不仅遇到了好老师——唐僧，而且等到了好机遇——取经。他跟随唐僧去灵山取经，建功立业，最后不但赎罪漂白了身份，还得道做了菩萨。

虽然八戒被写成天生愚钝，但《西游记》并没有亏待他，让他在低智商的同时拥有了高情商。

比如在爱情上，孙悟空一窍不通，唐僧不敢正视，也不能去爱。而我们的老猪呢？感情经历可以称得上是丰富多彩。比之师父和师兄，他的"情商"胜出太多，太多。

下面，让我们一一道来。八戒的初恋应该是美丽的嫦娥仙子。不过，和大多数人一样，他的这场初恋只是单恋，且结果悲催。"剃头挑子一头热"不说，还落得个"调戏女仙"之罪，被玉皇大帝罚重锤两千记，贬下凡尘，还错投为猪胎。

猪八戒的苦难皆因嫦娥而起。我们可以假设一下：有一个男人，原来春风得意，或位高权重，或富豪榜上赫赫有名，总之是前程似锦，风光无限，然而，因为喜欢一个女人而身败名裂，一无所有。那么，他对这个女人会持有怎样的态度呢？

按常人的反应，结果大致会是以下两种：第一，仇恨对方，视这段感情为孽缘，视对方为仇寇；第二，永不再见，从此不加理睬。既然是生命中的灾星，惹不起还躲不起么？

可八戒却不是一个忘情负义之士，他出乎意料地选择了第三种态度：痴心不改，对嫦娥仙子依然一往情深。取经路上，他每次上天庭办事遇到嫦娥时，都要上演如下精彩的三部曲：（1）嫦娥随众仙到南天门出迎时，八戒很远就对她摇手呼喊"老相好，老相好"，难抑异常的兴奋，简直目无旁人；（2）"嗖"一下蹿到嫦娥身前，围着霓裳转三圈，相当于行个注目礼，好好端详一番；（3）单刀直入，"直奔主题"，拉着仙子的手邀请她去"耍子，耍子"（淮安方言，就是一起去玩）。

不仇视，不怨怼，尽管表现得有些痴傻，但八戒对嫦娥还是一如当初的满心欢喜。"我丑，但我很温柔。"如此看来，猪八戒对待女性，不仅是"温柔"，简直就是高尚了。在失败的恋爱或婚姻中，他不迁怒于人，牵挂于心的只是曾经的美好时光。

对人间的夫人高翠兰，八戒也是始终牵挂在心。每次在取经路上意志动摇、想着"散伙""分行李"时，他都会想起高老庄的温柔乡，对高小姐念念不忘，想着回去再续前缘。可想当初他是猪身，背着一个"妖精"的身份，求得高美人的青睐。换作别人，几经曲折，早就自动歇菜——断了念想了。

八戒与原配发妻卵二姐的婚姻也是一出"传奇"。当时，他刚离开猪窝，惶惶不知所归，懵懂间来到福陵山云栈洞，遇到女强盗卵二姐剪径。是的，卵二姐是个拦路行凶、打家劫舍的女强盗。可以猜想的是：正没好心情又武力高强的八戒遇到强盗，打一仗发泄怨气是免不了的。可猜中了开头，我们却猜不中结局：打着打着，他俩竟打到卵二姐的兰房（就是女孩的闺房）里去了。想想吧，手到擒

孙悟空假扮高小姐
选自清佚名绘《清彩绘全本西游记》第18回"观音院唐僧脱
难 高老庄行者降魔"

来俘虏女性芳心，这女性还不是一般人物，是又美又飒的女强盗。可见八戒谈起感情来，并不像他外表表现的那么呆蠢。

俗话又说："笨人老实。"这个"老实"，用在猪八戒身上是个褒义词，说他诚实、忠厚，笨拙中显出率性。是啊！笨拙如八戒，还能有什么坏心思？还能干出什么坏事呢？他的蠢笨，不过是以自贬自虐的方式给大伙儿带来快乐。而他其实也自知蠢笨，明白自己没有收获美人芳心的优势，但他性情中又保持着一股懵懂的天真，无论遭遇如何的挫折，都抱着一颗蠢蠢欲动的心，并因为这种蠢蠢欲动受到各种花式惩罚。加上他既胆小又冒失，总是言大于实，行为举止一直在一定的界限之内，所以，当他受到惩罚时，就会产生不小的喜剧效果，让旁观者又气又笑，并在气与笑的同时，就原谅了他的蠢笨与那一丝痴心妄想。

八戒，他是取经路上的一枚开心果。

3. 观音菩萨为何不成佛?

在《西游记》里,观音是重要性仅次于如来佛祖的佛教第二号人物。

"西游"这出游戏,如来佛祖只是总设计师,虽然设计出了"三藏真经"来考验人类的佛性和耐心,创意一流,内容也足够精彩,但这个大 boss 在取经途中的存在感并不强,开始时出场显个神通,结尾处露面颁发证书,始终只在灵山上"画圈儿",对整个取经的具体困难和执行过程不闻不问。

与之相比,如来意志的实际执行者观音才是"西游"游戏的忠实践行者:取经班子由她搭建,求经过程由她监督,唐僧难簿由她验收。她不仅是总裁判长,始终观察、掌控着整个取经游戏的进程,更是一名忙碌的"救火队长"——一旦唐僧有难、孙悟空不能对付时,她就要亲自出手降伏妖魔,以确保这出游戏能够顺利进行下去。

观音坐像
康熙御笔《般若波罗蜜多心经》卷首

奇怪的知识增加了。原来，这盘"西游剧本杀"的幕后操盘手居然是南海观音菩萨。

然而，取经游戏圆满结束后，如来佛祖论功行赏，唐僧、悟空被封为佛，而厥功至伟的观音菩萨却原"封"不动，照样是菩萨，与出身"野路子"的猪八戒、沙僧辈（他们都承认自己是"妖精出身"）同列。

在佛经里，佛是第一等果位，菩萨是第二等果位。——以现今高校职称做类比，相当于教授与副教授的区别。观音菩萨立了大功还不能转正，分明是"终身副教授"的节奏了。这难道不令人奇怪吗？

更有甚者，在《西游记》里，观音菩萨还有一个大名鼎鼎的头衔："七佛之师。"这个名号出自孙悟空之口。话说观音为了收束孙悟空的野性，哄他戴上花帽（其实是紧箍圈），从此受制于唐僧。悟空知道真相后大骂："你这个七佛之师，慈悲的教主！你怎么生（此等哄人的）方法儿害我？"插叙说明一下，悟空为何如此暴怒？因为他对于哄骗深恶痛绝。当初，他曾"被如来哄了"，镇压在五行山下五百年。

回到正题。七佛之师不是佛，而是菩萨，"终身副教授"居然成了教授的师父，简直闻所未闻，让人十分震惊。一场轰轰烈烈的取经伟业，难道观音是平白打了酱油，空忙一场？难道灵山诸佛"职称"的认定，也沾了人间的坏习气，不是以实际能力的高低和所造功德的大小来决定？

其实不然。把观音菩萨说成"佛教教主"和"七佛之师",这是民间观音崇拜的一种体现。《西游记》写的虽是佛教故事,但其最终成文经过世代累积,成文之前已在街头坊间广为流传,具有很强的民间性。吴承恩在描写诸佛时,并不完全以佛教史实为依据,中间夹杂了不少民间对佛教人物的理解,从一个侧面体现出佛教在当时社会流传的情况。在中国民间,观音的"群众基础"远远大于其他任何一位佛教人物。所以,在《西游记》中,观音崇拜超越了释迦牟尼崇拜。比如,释迦牟尼有三十二重变相,观音却有三十三重变相。

观音崇拜在《西游记》中有多处体现。比如,书中唯一引录完整的佛经是《心经》,而《心经》又被民间称为《观音经》。书里如来佛祖曾多次讲经,然而所讲基本属于胡诌,不合佛典记载。民间把他降服孙悟空的压帖"唵嘛呢叭咪吽"(六字真言)嘲讽为"俺那里把你哄了"。甚至,"唵嘛呢叭咪吽"也不是如来的原创,他这是借用了观音菩萨的大明咒六字心咒:"嗡嘛呢巴美吽。"——原来是剽窃!

再比如，孙悟空对如来佛从不服帖，甚至言行多有不敬，在如来佛祖的手心撒猴尿，讥笑如来是妖精的外甥等等。而面对观音时，他虽然爱恨交织，但心中始终有一份敬畏之心，尤其观音"菩萨妖精，总是一念"一论，让他大为心折，顿时彻悟禅心，自此始终执弟子礼。

翻阅佛经，我们可以发现，观音虽不是佛教教主，但确实曾是佛身，资格甚至比释迦牟尼更老。在《千光眼观自在菩萨秘密法经》中，释迦牟尼亲口说道："观世音菩萨在我前成佛，名正法明如来，十号具足。我于彼时为彼佛下作苦行弟子，蒙其教化今得成佛。十方如来，皆此观自在教化之力故。"观音在佛祖释迦牟尼之前就已成佛，甚至，她成佛之时，释迦牟尼只是她门下根基浅薄、法力弱小的"苦行弟子"，得到她的教化后才修成了佛身。甚至，十方如来，即整个佛国的如来，都受过她的教化。《千手千眼观世音菩萨广大圆满无碍大悲心陀罗尼经》中也提到："此菩萨不可思议威神之力。于过去无量劫前，已作佛竟，号正法明如来。"可见，观音确实是佛教的创教元老，她虽不是七佛之师，却是教主释迦牟尼之师，称得上是佛教的"无冕之王"了。

既然观音在如来之前就已经成了佛，后来为何又降级为"菩萨"？即使降级，拥有"帝师"的荣耀和众多功绩的她，应该有很多机会再次修成佛身，为何后来一直是一个再无前途和"上升空间"的终身菩萨。

答案不在别处，正在观音自己。观音不成佛，非是不能，而是不愿。原来，大慈大悲的她以救苦救难、普度众生为己任，发下宏愿："以大悲愿力，欲发起一切菩萨广度众生，而示现菩萨形。"意思是说，她要度尽天下众生皆成佛，最后自己才成佛。从理论上说，芸芸众生，各安其命，不可能人人成佛。所以，观音是为自己设定了一个"不可能完成的任务"，并信守誓言，一直以菩萨身份在世间行走施善。

行文至此，我不禁想起范仲淹《岳阳楼记》中广为传颂的名言"先天下之忧而忧，后天下之乐而乐"。儒家以天下为己任的治世修身之道，虽不同于观音"发起一切菩萨广度众生"的佛家信仰，但他们背后的某些价值取向却是可以相通的。在更注重个性化的现代社会，"毫不利己，专门利人"的人格精神早已不被提倡，有时甚至会被认为是落后、伪善之举。但是，面对以真实行动践行诺言、先人后己、不计名誉的观音，我心中还是涌起了发自内心的感动。

知道了这些因缘，我们还会小瞧观音菩萨吗？

4. 须菩提祖师为什么要赶走孙悟空？

须菩提祖师是孙悟空的第一任老师，悟空最为人称道的两项法术——"一筋斗就有十万八千里路"的筋斗云和七十二般地煞变化——就来自他的传授。然而，这对师生似乎没有一个好结果，最终没有好聚好散。因为悟空在同门面前卖弄法术的缘故，祖师把这个徒弟逐出了师门。

临别之际，须菩提祖师训诫道：

　　你这去，定生不良。凭你怎么惹祸行凶，却不许说是我的徒弟。你说出半个字来，我就知之，把你这猢狲剥皮锉骨，将神魂贬在九幽之处，教你万劫不得翻身！

　　江湖派系众多，孤家寡人或小门小派没有根基，缺少扶持，出门闯荡时往往要比名门正派艰难许多。同理，须菩提祖师据说是佛陀的十大弟子之一，如果悟空在遇到困难时能借用师父名头，一些妖魔鬼怪说不定早就退避三舍了。都是"一个系统"的神仙菩萨，不看僧面看佛面，说不定也就大事化小，小事化了了。然而，师徒相处二十年，须菩提早就从孙悟空的行为举止中看出了他"闯祸精"的潜力，才有了临行前的这番叮嘱。

　　悟空虽然桀骜，但尊师重道，谨遵师训，下山后果然再也不曾提及师承学缘。后来大闹天宫闯祸也好，西天取经建功也好，遇到困难都是自己一力承担，也没有借用师父的名头来获得什么便利。出师之后，他的人生似乎与须菩提祖师再没有丝毫关系。须菩提这老师做得神龙不见首尾，着实让人猜测不透。

其中，读者最大的疑问是：须菩提祖师为何要驱逐孙悟空？

现在，让我们来看看其中的秘密。

金庸小说里写过不少弃徒。这些徒弟被师父或门派所弃，究其原因大致有二：一是犯下大错，尤其是在民族气节和国家尊严方面犯下"颠覆性错误"；二是师徒间"三观不合"，须臾无法共处。前者以全真教赵志敬为代表，后者以华山派令狐冲为代表。但孙悟空的情况却完全不是这样。

首先，孙悟空没有犯错。

话说孙悟空学成武艺，一日受大伙儿怂恿，抖擞精神表演了一番变化术，祖师看到不高兴了，没得商量，直接开除学籍。他责备悟空说："我问你弄什么精神，变什么松树？这个功夫，可好在人前卖弄？假若你见别人有，不要求他？别人见你有，必然求你。你若畏祸，却要传他；若不传他，必然加害。"

悟空在自家门口展现本门武功，与师兄弟切磋学艺心得，何错之有？若说有错，最多也只是他有点炫耀之心，并非什么原则性错误。显然，这并不足以成为祖师驱逐悟空的理由。否则，按照如此说法，所有武功和知识都要藏着掖着，哪里还有薪火传承、万世垂教之说？须菩提祖师自己开的武校"灵台方寸山，斜月三星洞"也该早早关门歇菜了。其实，这是祖师借题发挥，开始"布局"。

其次，须菩提与孙悟空师徒投缘。

孙悟空当初来"灵台方寸山，斜月三星洞"学艺时，祖师对他的第一印象就非常好。悟空初次上门时，应门的童子是这样说的："我家师父正才下榻登坛讲道，还未说出原由，就教我出来开门，说：'外面有个修行的来了，可去接待接待。'"须菩提感应到悟空的到来，就马上派童子来迎接了。听了悟空的自我介绍，他的态度也是不加掩饰的喜欢。书中用的词语是"闻言暗喜""笑道"，言语之间就有立时招其为徒的意思。因为那时的美猴王尚无姓名，他还马上给这个新收的徒弟取了姓名，根据悟空自身特点赐了"孙"的姓氏，很有点因材施教的意思。他甚至考虑到了姓氏的寓意问题，表示猢狲的猢字不好，狲字甚佳，"教你姓'狲'倒好。狲字去了兽旁，乃是个子系。子者儿男也，系者婴细也，正合婴儿之本论，教你姓'孙'罢。"他还为悟空赐名悟空，须知他自己就号称"解空第一"，悟空与解空没啥区别。一见面就把代表自己最擅长本领的"空"字赐给徒弟，可见他对这只跳脱灵巧的猴子的喜欢。

果然，聪明机灵的孙悟空不负恩师所望，很快就在众多弟子中脱颖而出。须菩提祖师还仿效禅宗五祖弘忍三更传道，给悟空开了"小灶"，秘密传授他筋斗云和七十二般变化之术。

所以说，孙悟空既没犯错，也没有与老师犯冲，他不是一个真正的弃徒。那须菩提祖师为何要如此不合常理地小题大做？他是否故意为之，还是背后另有深意？

你品，你细品，就懂的——就是个"局"。

据前人考证，须菩提祖师的原型是佛祖释迦牟尼十大弟子之一的须菩提尊者，以"恒乐安定、善解空义、志在空寂"著称，号称"解空第一"。虽是佛门中人，须菩提身上

孙悟空当众展示神通
选自清佚名绘《清彩绘全本西游记》第 2 回"悟彻菩提真妙
理　断魔归本合元神"

又具有浓郁的道教色彩，他精通道教的丹术，讲课也是"慢摇麈尾喷珠玉，响振雷霆动九天。说一会道，讲一会禅，三家配合本如然。开明一字皈诚理，指引无生了性玄"。这显然不是一个只会拘于门户之见的佛门"死忠派"，既能讲经，又能说道，还公然说"旁门皆有正果"。据此我猜测，他本身就是一个佛门的叛逆者，或者说把师承学缘看得很轻，即使说他是佛门"弃徒"，可能性多少也是存在的。

如果这样，下面的理解就变得顺理成章。须菩提祖师是圣哲，了然悟空的秉性和未来之一切"闯祸坯子"的所为，并且支持悟空去搅扰乾坤，"砸碎旧世界"，所以他不仅传教徒弟绝世武功，而且还主动传授了躲避"三灾利害"的方法，说是"躲得过，寿与天齐；躲不过，就此绝命"。显然，这个"三灾"就是指悟空日后要面临的诸多惩罚。

至于他不让悟空言及师门的原因，据我的猜想，其实不是害怕悟空胡闹会祸及自身。试想，这样一个无量神通而又豁达无忌的大尊者，大概已经看透世事，无所畏惧。之所以说出绝情的话，主动切断彼此的师生关系，其实还是为徒弟着想，想断了悟空心头对师门的挂念，以便其义无反顾、心无旁骛地去开创自己辉煌的事业。毕竟，天地君亲师，古人把师道看得很重。但凡一个尊师的人，如果要干点出格或者荒诞的事情，首先会担心累及师门，辱没恩师的声誉，做事难免束手束脚。如今，没了这层约束，返回花果山的孙悟空简直就是"天高任鸟飞，海阔凭鱼跃"，可以放肆地施展他从老师处学来的一身本领了。也正是因为有了这层铺垫，才有了后面无所顾忌的美猴王下冥府篡改生死簿、探龙宫抢夺金箍棒等精彩情节。

祖师深意如此，悟空心领神会：正是一对好师徒。这么说来，须菩提祖师其实是在以特殊的方式支持着孙悟空，是其大闹天宫的"幕后推手"。

真没想到，你是这样的一个须菩提祖师。

5. 如来佛祖的分封公平吗？

唐僧师徒苦度十四寒暑，经历九九八十一难，战胜千魔百怪，终于来到灵山取回真经。功德圆满后，如来佛祖按功分封以示嘉奖。结果唐僧被封为旃檀功德佛，孙悟空被封为斗战胜佛，八戒被封为净坛使者菩萨，沙僧被封为金身罗汉菩萨，白龙马被封为八部天龙广力菩萨。

有读者提出疑问：这个分封公平吗？

我们知道，大凡遇到论功行赏这一类事情，由于存在品第高低、待遇优劣等问题，难免会几家欢乐几家愁，无法完全公平。在现实社会里，遇到军队里定军衔、高校里评职称等事，往往也很难皆大欢喜，而且经常会成为"事故高发地段"，产生出许多能够引发群众共鸣的社会议题。

具体到《西游记》，情况比较复杂。

封唐僧为旃檀功德佛当然是合理的。唐僧原是如来佛座下二弟子金蝉童子，由于在课堂上犯迷糊打瞌睡，"轻慢我之大教"，被佛祖贬落尘世，需遭受九九八十一难之苦取回真经，方能将功折罪。如今唐僧苦头已经吃够，罪愆已经赎回，西行一路也是须臾不曾懈怠。而且，取经路上他遭遇各种危难，战胜（凭借徒弟和各路仙佛之力）许多妖魔，最终都转危为安，也算是在人间扬了佛祖的威名。弟子载誉归来，如来佛祖面子满满，遵循既有协定，让弟子得道成佛，正当其理。而旃檀即檀香，是佛教中具有重要寓意的一种香材。以旃檀功德佛之名分封唐僧，既点出他与佛教的深远渊源，又用以比喻唐僧坚贞高洁的品德，可以说是恰如其分。

孙悟空的斗战胜佛就有些猫腻。请看他的"授奖词"：

且喜汝隐恶扬善，在（取经）途中炼魔降怪有功，全终全始，加升大职正果，汝为斗战胜佛。

如来的意思是，孙悟空敢于斗争，善于斗争，一路上斩妖杀怪，战无不胜，取经成功，全靠他，所以分封他为斗战胜佛。然而，佛经里原有的斗战胜佛，以"消私心、破我执"为其佛性特征。这个佛，消的是私心，破的是我执，其战场发生在内心而非外界，对手是自身而非妖魔。这与悟空的战绩并不相符，甚至可以说是正好相反。而

唐僧面见如来佛祖
选自清佚名绘《清彩绘全本西游记》第98回"猿熟马驯方脱
壳　功成行满见真如"

且，与其他"同僚"相比，斗战胜佛在"佛教鄙视链"中也只是处于末端。在孙悟空被封为斗战胜佛之前，外界知道这个称号的人并不多见。可见，孙悟空与斗战胜佛两者风马牛不相及。

那么，如来为何望文生义，把这样一个相对而言更注重个人内省的佛的称号分封给活泼外向的悟空呢？我想，如来赐予孙悟空这个封号时并非没有经过深思熟虑，他可能内心并不愿意封这么一个爱吵爱闹爱闯祸、行事与佛教宗旨背道而驰的"闯将"为佛，但又担心猴头性烈，一旦给的封号不称心意闹将起来，反而将事情弄得不可收拾，自己的尊严也将受到损害。所以他挑挑拣拣，掂量再三，给了悟空一个不甚重要的佛的称号。

如来为何不喜悟空？或许是因为这调皮的猴子对佛祖不很尊敬。查阅《西游记》，悟空对如来至少有过三次严重冒犯，让佛祖耿耿于怀。

第一次：如来佛祖收伏大闹天宫的妖猴，将悟空反手一掌罩住，五指化为五行山，将猴头生生压在山下五百年。但是孙悟空也不是吃素的，在此前赌斗的过程中抖了个机灵，往佛祖的手心里撒了一泡猴尿，脏了圣手。孙悟空被压在五行山下五百年，内心不服，出来后到处嚷嚷，说如来用下流伎俩欺骗自己，不讲武德，胜之不武，有失风度。

第二次：在狮驼岭故事里，三魔大鹏雕武功了得，孙悟空屡战屡败，无计可施，愤慨难平之下，他竟然痛骂如来：

这都是我佛如来坐在那极乐之境，没得事干，弄了那三藏之经！若果有心劝善，理当送上东土，却不是个万古流传？只是舍不得送去，却教我等来取。怎知道苦历千山，今朝到此丧命——罢！罢！罢！

大意是埋怨如来稳坐高台，不知人间疾苦，无端弄出取经的事情来折腾别人，害自己遭了许多辛苦，甚至还有丧命的危险。后来，当他听说如来与三魔大鹏雕有亲——大鹏是佛母孔雀大明王菩萨的兄弟，名义上如来该管他叫舅舅——悟空就鄙夷地称呼如来为"妖精的外甥"。这可是在挑战如来尊严的底线，着实让他下不了台。

第三次：唐僧一行到藏经阁取经时，因为匆忙间未及准备"人事"（也即行贿的礼品），阿傩、迦叶两尊者居然给了他们无字真经搪塞。事情败露后，悟空愤愤不平打上如来宝殿，责问如来为何纵容部下"揩财"（即勒索财礼）。虽然如来巧言狡辩，从容应付过去，但大庭广众之下受此责备，如来终究有点丢脸丢到家了的味道。

有了这些芥蒂，如来草率地授予孙悟空"斗战胜佛"这个不伦不类的封号，就不难理解了。

"净坛使者菩萨"这个"职称"则直接引起八戒不服，他当众嚷嚷："他们都成佛，如何把我做个净坛使者（菩萨）？"眼看着师父和师兄都封了佛，自己却差了一个等级，八戒不禁流下了老实人的眼泪。

众所周知，在佛教，佛是第一等果位，菩萨是第二等果位，一字之差，地位宛若云泥。难怪八戒心有不平！西天取经十万八千里，我路没少走半步，往返十四年，日子没有少挨半天，为何授衔评级时低人一等？

如来佛祖果然能言善辩，他作了如下奇妙的回答：

> 因汝口壮身慵，食肠宽大。盖天下四大部洲，瞻仰吾教者甚多，凡诸佛事，教汝净坛，乃是个有受用的品级。如何不好！

意思是说，赐你这个封号，是照顾你"口壮身慵，食肠宽大"的特殊情况。"净坛使者"专管一教餐饮，每当有礼仪和外事活动，都备有丰盛的美酒佳肴、奇珍异果，宾客们吃不了又不能兜着走，剩下的美食统统归你净坛使者处理。因此，对你而言，这是个"受用的品级"。你不是贪吃吗？这个身份恰好符合你的喜好。民以食为天，如来的黑色幽默里含有至理。

幸好八戒头脑简单，居然高高兴兴接受了如来的封奖。如来的授衔仪式得以顺利进行，一部《西游》大戏就此圆满落幕。"长老四众，俱各叩头谢恩。"否则，如果八戒发难，拂袖而去，看佛祖如何收场！

至于沙僧和白龙马，并不是取经队伍中的最重要人物，对如来的分封也全无异议，就在此略过了。

听了我的分析，大家大约知道如来佛祖的分封是公平还是不公平了吧！

五 《西游记》作者为何成为问题?

在《西游记》留给后人的众多谜团中,作者问题当推第一,已成为四百年来旷日持久的一桩公案,谜底至今未解。

万历二十年(1592年)金陵世德堂《新刻出像官板大字西游记》(以下简称"世本")问世之际,即告作者佚名。在当时,这并不是什么稀奇事情。在中国小说史上,这种作者佚名的现象相当普遍:《红楼梦》原作里解释"石头记"来历云遮雾障,"作者曹雪芹"与"《红楼梦》是曹雪芹的自叙传"这两个结论是由"五四"时期胡适、俞平伯两先生的新红学考证确定的;《水浒传》作者署名为施耐庵,然而施耐庵究竟是谁,人们却又知道得不是很确切,鲁迅推测"施耐庵恐怕倒是后来(将简本)演为繁本者的托名";《金瓶梅》的作者署为"兰陵笑笑生"，显然只是一个故意混淆视听的假名，有点类似于现在"春眠不觉晓""千山鸟飞绝"一类的网名。——这与如今的文人动辄争版权、打官司，搞得沸沸扬扬、全国人民都知道的情形，是绝然不同的。

1.《西游记》作者署名三阶段说

世本以降四百年间，《西游记》作者归属（署名）大致经历了三个阶段，或者说出现过三种情况：

（1）明代：佚名

今见明版以世本为代表的三种"华阳洞天主人校"本——包括《新刻出像官板大字西游记》《鼎镌京本全像西游记》《唐僧西游记》——皆不署作者姓名。世本陈元之《刊西游记序》中说："《西游》一书不知其何人所为。或曰出今天潢何侯王之国，或曰出八公之徒，或曰出王自制。"又说："旧有叙，余读一过，亦不著其姓氏作者之名。"虽然提供了一丝线索，但没有具体坐实何人所作。值得注意的是，陈《序》引录了所谓"旧叙"的一段文字，阐释《西游记》的思想大旨，却对作者问题毫不涉及，反而说"亦不著其姓氏作者之名"，可见世本的这个底本（学界有称"前世本"的）也未署作者之名。稍晚的《李卓吾先生批评西游记》（李评本）卷首载有《题辞》《凡例》，且有大量评点文字，披露信息颇多，然均不涉作者，甚至没有任何可以推测作者的蛛丝马迹，可见也不知《西游记》作者其人。这种状况一直延续至清初，在近百年的时间里，《西游记》在流传时始终处于作者佚名的状态。这是第一个阶段。

造成作者佚名的原因有二：一是其时小说为稗官野史、丘里之言，不是文学正统，不登大雅之堂，作者不愿署名。其二，《西游记》洋洋八十万言，内容广袤，"游戏之中暗传密谛"，有殷鉴寓意存焉，其中不乏敏感话题，如我们前面谈到的讽刺"今上"和时政，作者和书商都不敢署名，所以竟用"华阳洞天主人"一类假名搪塞。

（2）清代：邱处机

清初康熙年间，汪澹漪笺评本《西游证道书》首倡作者为元初道士邱处机。其卷首置有假托元代大文豪虞集所作的《西游记原序》，其中说："余浮湛史馆，鹿鹿丹铅。一日有衡岳紫琼道人，持老友危敬夫手札来谒，余与流连浃月，道人将归，乃出一帙示余，曰：'此国初长春真君所纂《西游记》也。敢乞公一序以传。'余受而读之，见书中所载乃唐玄奘法师取经事迹。……而余窃窥真君之旨，所言者在玄奘，而意实不在玄奘；所纪者在取经，而志实不在取经。特假此以喻大道耳。"这个虚构的故事是：一个老道士临终之际将《西游记》手稿交付大文豪虞集保存下来。怎么看都有点像"戏说纪晓岚"的肥皂剧所说《红楼梦》是由逃难中的曹雪芹委托纪晓岚保存下来一样。汪澹漪还在《原序》后置《邱长春真君传》《玄奘取经事迹》两文，三者相互印证，使后人深信不疑，"邱作"说从此风行于世。

当然，其时也有人对这种说法表示怀疑，如《四库全书》总纂官纪昀发现《西游记》中多有明制（明代的官制与官职，如祭赛国之锦衣卫、朱紫国之司礼监、灭法国之东城兵马司、唐太宗之大学士、翰林院、中书科），而断其"为

邱处机应诏西行
山东烟台栖霞太虚宫壁画

明人依托无疑"。乾嘉学者钱大昕联合段玉裁从苏州玄妙观正统《道藏》中发现并抄出邱处机《长春真人西游记》（二卷），由此考定其是另一部关于西域道里风俗的地理书，与长篇小说《西游记》实为同名异书，并讥讽"邱作"说为"郢书燕说"。郢书燕说，即误解原意、穿凿附会的说法。另有人提出了一些新的作者姓名，如乾嘉之际的文人桂馥在《晚学集》中提出《西游记》作者应为元人许白云；诗人陈文述在《西泠仙咏自序》里认为《西游记》"所言多与《性命圭旨》相合"，作者当为"作《圭

唐僧师徒四人
选自清佚名绘《清彩绘全本西游记》第93回"给孤园问古
谈因　天竺国朝王遇偶"

旨》之史（尹）真人弟子"。《性命圭旨》是一部道教内丹
修炼著作，本身就作者佚名，说是尹真人弟子所著也只是
一种推断。

　　但是这些意见都没有引起大的反响，"邱作"说遂成
主流，此后的各种清刊本《西游记》皆沿袭此说，甚至有
直署"邱真君著"，题书名为"《邱真人西游记》"者。伴
随"邱作"说，《西游记》"证道"说亦由此发端、泛滥。

（3）现代：吴承恩

"五四"之际，鲁迅、胡适和董作宾等学者根据清人提供的线索，多方搜寻史料（如天启《淮安府志》《山阳志遗》《茶余客话》等），经过综合考证，反复论辩，先是批驳了"邱作"说这一"不根之谈"，剥去长期以来被邱处机"冒名顶替"占据的著作权，最后根据天启《淮安府志》关于"吴承恩《西游记》"的记载以及清人吴玉搢、丁晏的相关史料，论定《西游记》为淮安儒生吴承恩所作。20世纪30年代又有郑振铎、孙楷第、赵景深、刘修业等人进行不断引证、申述，从此，"吴著"说几成学界共识，以后刊行的《西游记》均署为吴承恩著。

当然，对"吴著"说的不同意见也时断时续地出现，在大陆先后有颠公《〈西游记〉为明人吴承恩所作之异说》、张静庐《中国小说史大纲》、俞平伯《驳〈跋销释真空宝卷〉》、叶德均《戏曲小说丛考·西游记研究资料》等，港澳台学者（如张易克、陈志滨、陈敦甫等）和海外学者（英国杜德桥，澳大利亚柳存仁，日本太田辰夫、田中严、矶部彰、中野美代子，美国余国藩等）也在不同场合不断地对吴承恩著《西游记》一说发表了许多不同意见，或表示怀疑，或提出异议，终于在 1983 年以章培恒先生《百回本〈西游记〉是否吴承恩所作》（载《社会科学战线》1983 年第 4 期）一文为标志，引发了旷日持久的新一轮论争，至今余波犹存。

平心而论，这些不同意见尚不足以动摇、颠覆"吴著"说的主流地位，尤其是在 1949 年中华人民共和国成立以后的一段相当长的时期里，由于众所周知的原因，"吴著"说曾是在大陆学界唯一流行的关于《西游记》作者的意见。人民文学出版社黄肃秋注释本、人民出版社李洪甫整理校注本和中华书局李天飞校注本等三种当代通行本也都署名吴承恩，风行海内外的央视 86 年版电视连续剧《西游记》也以醒目画面标出："原著：吴承恩。"

2. 《西游记》的作者到底是不是吴承恩？

当年鲁迅、胡适考定《西游记》作者为吴承恩，主要依据为天启《淮安府志》卷十九《艺文志一》"淮贤文目"明确记载吴承恩著有《西游记》：

吴承恩：《射阳集》四册□卷、《春秋列传序》、《西游记》

学界对"吴著"说的质疑，不在《淮安府志》记载的真实性，而在《西游记》书目下没有注明几卷几回和具体的文体样式，怀疑它未必就是那部百回本小说，而可能只是一部通常意义上的文人旅游记。所以，仅据此项文献并不能确认"吴承恩著《西游记》（百回本小说）"。

随着吴承恩研究的深入，特别是相关新史料的发现，应该承认，"吴著"说业已形成严密的证据链，更加完善，更加成熟。这个"证据链"主要体现在以下三个方面。

其一，符合《西游记》作者考证的先决条件。

现存最早的明代万历二十年（1592 年）金陵世德堂本《西游记》有陈元之《刊西游记序》，其中明确指认《西游记》出自藩王府，"或曰出今天潢何侯王之国，或曰出八公之徒，或曰出王自制"，准确的表述是《西游记》作者与藩王府有关。陈《序》是《西游记》学术史上最早的原始文献，具备毋庸置疑的可信度。所以，"与藩王府有关"理应是探寻《西游记》作者人选的先决条件。

吴承恩恰恰"与藩王府有关"。目前学界已发现吴氏就职湖北荆王府纪善的多重证据：

（1）吴国荣《射阳先生存稿跋》。

1929年故宫博物院发现珍贵藏书吴承恩《射阳先生存稿》，附有自称吴承恩"通家晚生"的吴国荣《跋》，其中说道：

射阳先生髫龄，即以文鸣于淮，投刺造庐，乞言问字者恒相属。顾屡困场屋，为母屈就长兴倅，又不谐于长官，是以有荆府纪善之补。归田来，益以诗文自娱，十余年以寿终。

明文记载吴承恩曾任荆府纪善之职。荆府，即湖北荆宪王府，是明代藩封之一，明永乐二十二年（1424 年）始封于江西建昌，明正统十年（1445 年）改迁至湖北蕲州。按明代制度，藩府均设有纪善所，配置八品纪善二人，"掌讽导礼法，开喻古谊，及国家恩义大节，以诏王善"。另据明甘泽纂修《蕲州志》有关记载，湖北蕲州荆王府纪善名录、时间与吴承恩任职一事颇多相符，这不失为吴承恩就任荆府一说的有力旁证。

据此可以推断，正是在晚年闲职——荆府纪善任间，吴承恩以一生积累的神怪素材创作了《西游记》。

（2）相关文物的发现。

20 世纪 80 年代，有一批重要的吴承恩文物与文献出土，其中吴承恩墓地起获了吴承恩为其父吴锐撰写的墓志铭《先府宾墓志铭》和刻有"荆府纪善射阳吴公之枢"字样的棺材头挡板。这篇《先府宾墓志铭》收入《射阳先生存稿》，题为《先府君墓志铭》，唯文字略有差异，可知墓主确为"吴射阳"。而这份刻有"荆府纪善射阳吴公之枢"字样的棺材头挡板，则直接印证了吴承恩与藩王府的关系。

同时出土的吴承恩夫妇等三人的三只头颅骨和一部分其他部位的骨骼，经中国科学院古脊椎动物与古人类研究所著名考古学家贾兰坡教授鉴定，其中一具男性老年头骨当为吴承恩。该所运用科技手段成功地复制出吴承恩立体半身塑像，淮安政府旋即修建吴承恩故屋——射阳簃，安放吴承恩塑像，并在墓地原址扩辟三亩土地，修建吴承恩陵园，以供世人凭吊、瞻仰。射阳簃，即今著名 4A 级风景区淮安市吴承恩故居。

据此，吴承恩任职湖北荆王府的事实有了文字与实物的证据（也即王国维所谓"地上与地下"相互印证）。"与藩王府有关"，从一个先验的理论预设转化为实践的尺度——这是《西游记》作者研究的基本原则。

其二，天启《淮安府志》的真实性。

"吴著"说的基石是天启《淮安府志》，其卷十九《艺文志一》"淮贤文目"吴承恩著作目录列有《西游记》。那么，这个《西游记》是否就是流传至今的百回本小说《西游记》呢？

查阅相关文献，疑问不难解释。《淮安府志》卷十六《人物志二》："（吴承恩）复善谐剧，所著杂记几种，名震一时。"清人丁晏《石亭记事续编》对此作出补充："吴承恩所作杂记数种，名震一时。《西游记》即其一也。"复参以唐人刘知幾《史通·杂述》将小说分为十类，其中即有杂记。刘知幾《史通·杂述》说：

是知偏记小说，自成一家，而能与正史参行，其所从来尚矣。爰及近古，斯道渐烦，史氏流别，殊途并骛，榷而为论，其流有十焉：一曰偏记，二曰小录，三曰逸事，四曰琐言，五曰郡书，六曰家史，七曰别传，八曰杂记，九曰地理书，十曰都邑簿。

如将天启《淮安府志》、丁晏《石亭记事续编》与刘知幾《史通》三者连环互证，疑问即可解答：相对于诗文，小说当然是杂记。若是，《西游记》作为小说的判断宣告成立。

《淮安府志》不仅显示吴承恩《西游记》为小说体裁，而且还从作家创作个性方面提供了旁证。《淮安府志·人物志二·近代文苑》记载：

吴承恩，性敏而多慧，博极群书，为诗文下笔立成，清雅流丽，有秦少游之风。复善谐剧，所著杂记几种，名震一时。数奇，竟以明经授县贰，未久，耻折腰，虽拂袖而归，放浪诗酒，卒。有文集存于家，邱少司徒汇而刻之。

其中《淮安府志》所记吴承恩"复善谐剧"的个性，与吴承恩《〈禹鼎志〉序》高度侔合。《〈禹鼎志〉序》曰：

余幼年即好奇闻。在童子社学时，每偷市野言稗史，惧为父师诃夺，私求隐处读之。比长好益甚，闻益奇。迨于既壮，旁求曲致，几贮满胸中矣。尝爱唐人如牛奇章、段柯古辈所著传记，善模写物情，每欲作一书对之，懒未暇也。转懒转忘，胸中之贮者消尽。独此十数事，磊块尚存。日与懒战，幸而胜焉！

这简直就是吴承恩著《西游记》的铁证，因为《西游记》与《禹鼎志》(《玄怪录》《酉阳杂俎》一类传奇著作, 今佚) 有着太多的内在契合, 作《西游记》也离不开 "好奇闻" 的创作心理和神话储备。

其三,《西游记》文本内证。

所谓内证, 即指《西游记》文本自身可资考证的材料和线索。翻检《西游记》, 至少有四方面 "吴著" 说的有力内证。

（1）关于主人公唐僧的籍贯。

历史上的玄奘大师是河南籍人。《旧唐书·玄奘传》谓 "僧玄奘, 姓陈氏, 洛州偃师人",《大慈恩寺三藏法师传》卷一作 "法师讳玄奘, 俗姓陈, 陈留人也"。洛州即今洛阳, 陈留在开封附近, 与洛阳偃师相距不远, 可视为一地。而通行本《西游记》叙唐僧出世故事 (遭贬、出胎、抛江、报冤前四难) 却说其父陈光蕊籍贯是 "淮阴海州弘农郡聚贤庄", 贞观间中状元, 娶宰相殷开山之女为妻。弘农, 即今河南灵宝县。无论是偃师, 还是陈留、弘农, 都在中州地方, 与海州 (今江苏连云港) 没有关系。

据考，古代淮海一带有陈光蕊娶殷开山女与龙女故事，淮海民间写本《陈子春遇难游龙宫》(《九圣团圆记》)，贾仲明《录鬼簿续编》所载剧目《陈子春四女争夫》即演说这一故事。嘉庆《海州志》记载："小村，为唐宰相殷开山故里，殷有女赘陈状元光蕊为婿，生三子，即三元兄弟。——盖世俗相传之说也。"原来，《西游记》所谓"淮阴海州弘农郡聚贤庄"是捏合《玄奘传》与《海州志》云台山三元宫故事的结果。作者把唐僧籍贯搬到海州，说明他是海州人。而吴承恩是淮安人，淮海两州毗连，而其祖籍涟水，恰属海州。

（2）关于孙悟空原型。

关于孙悟空的原型，学者众说不一。影响最大者是胡适的"外来"说与鲁迅的"本土"说。胡适认为，孙悟空是印度史诗《罗摩衍那》中神猴哈努曼的化身(《〈西游记〉考证》)；鲁迅则认为，孙悟空源自本土猴精传说，具体就是淮河神猴无支祁故事——大禹治水收淮河水神无支祁"免淮涛风雨之难"的远古传说。两说都有相当理由，故而成双峰对峙之势，支持者各有其人。

"外来"说与《西游记》作者问题无关，这里搁置不论。如果采鲁迅的"本土"说，则传达出清晰的信息：孙悟空即淮河神猴无支祁，《西游记》由古淮河文明哺育，吴承恩生长在淮河明珠——淮安。三者关系不言而喻。

（3）关于二郎神原型。

关于灌洲灌江口二郎神，灌江口究竟在何处，历来也是众说纷纭。具有压倒性的意见是四川灌江口都江堰，二郎神的原型是巴蜀治水功臣李冰的第二子，因修筑都江堰积劳成疾，升天化神。但是《西游记》舍弃了这一主流意见，将"灌口"解释为灌江入海之口（类似于长江口、黄河口），构筑都江堰的岷江是长江的一条支流，发源于四川松潘县岷山南麓，并不入海，而灌江则可定位在连云港市辖灌南县境的灌河，灌河位于苏北沿海中北段、海州湾南缘，西到三岔河，东到灌云县燕尾港流入黄海，流经淮安、盐城、连云港三市，与京杭大运河连接，流域面积八千平方公里。尤其值得注意的是，都江堰不曾称灌洲，而灌南则未尝不可称灌洲，所以《西游记》的"杜撰"其实有着明确的指向：二郎神的故乡在今灌南灌河口。

联系二郎神的形象，作为三眼战神，他形象俊朗，性格豪爽，是《西游记》普天神将中唯一的正面人物，最后与孙悟空惺惺相惜，成为心心相印的知音。《西游记》的作者钟情二郎神，就把他安排在淮海地区的灌河口，让孙悟空受制于二郎神，就是灌河战胜了淮河。"肥水不留外人田"，这只能从吴承恩的乡土情结中得到合理的解释。

（4）关于花果山原型。

"花果山"之名，见于早期"西游"文本《大唐三藏取经诗话》，其云猴行者（孙猴子原型）因偷吃王母蟠桃，被"配在花果山紫云洞"。按《西游记》的描写，花果山的位置在东胜神州傲来国，紫云洞改为水帘洞，显然是虚构之地。那么它的原型又是何处名山呢？

1923年，著名的敦煌学和甲骨文专家董作宾作《读〈西游记考证〉》一文，考出《西游记》中的花果山即连云港云台山：

云台山，就是郁州。它有许多名字是："苍梧山"，"青峰顶"，"青风顶"，"覆釜山"，"逢山"，"郁州"等等。晋宋之间，南北相争，颇为要地，并曾侨置青冀二州。云台的名字，是万历年间起的。此山是海边的一个孤岛，周围约有二百余里。……此山的形势，也似乎是花果山的背景。

因为云台山有丰富的神话蕴涵，是一座著名的仙山，而且山上确有《西游记》所写水帘洞等风物，遍布当年吴承恩跋涉登览的足迹，更因为董作宾先生是名满天下的学术大师，所以这个考证结论为世人所重。后来，又有连

今江苏连云港市花果山

籍学者李洪甫先生作进一步考证，认为云台山就是《西游记》中花果山的原型。"江苏连云港市的云台山，海拔六百二十五公尺，濒临大海，耸立于我国的东方大门，不仅是苏北，而且是整个江苏的最高峰。这里峰奇石朴，树老林深，康熙五十年（1711 年）以前，一直是浩海中的山岛。"他引《江南通志》《海州志》《云台山图识》等乡邦文献以及大量诗文考证云台山确为"仙山"，例如苏轼《次韵陈海州书怀》"郁郁苍梧海上山，蓬莱方丈有无间"之句。云台山上有七十二洞，山上的自然环境也与吴承恩《西游记》所描写的花果山水帘洞十分相似，所以"它正是《西游记》的模特儿"。可见，云台山的历史、地理都与《西游记》有密切关系，而这里恰恰正与吴承恩家乡淮安接壤，是吴承恩足迹所至之地。

总而言之，"吴著"说的证据链如下：《西游记》作者与明代藩王府有关，吴承恩曾任职湖北荆王府纪善之职；吴承恩著有《西游记》，而此《西游记》可以确定为小说载体；除此之外，《西游记》自身还有四大内证，显示《西游记》确实出自淮安儒生吴承恩之手。

3. 吴承恩的传奇人生

吴承恩（约 1500 年—约 1582 年），字汝忠，号射阳山人，山阳（今江苏淮安）人。淮安在汉代曾叫射阳县，古代名人多喜欢以自己的居住地或者出生地为号，所以吴承恩以"射阳"为号，自称"射阳山人"。著有《西游记》《射阳集》，编有大型词集《花草新编》。今有《吴承恩诗文集笺校》（刘修业辑校、刘怀玉笺校，上海古籍出版社 1991年）与《吴承恩集》（蔡铁鹰笺校，中国社会科学出版社 2014年）流传。

这是一个给世界带来光彩的人。吴承恩的生平，丰富多彩，艰辛曲折，结合《西游记》的创作有以下几点值得注意。

其一，天生异质。

吴承恩出身书香门第，祖上两代曾任学官，虽官阶低微，但学识渊博。吴承恩深受其父喜爱，从小得到文化和

吴承恩诗《甲午秋宿金山寺》扇面手迹
扬州博物馆藏

文学的良好熏陶。有文献记载，吴承恩天生异质，对艺术有特殊的颖悟与禀赋。当年曾任淮安知府并与吴承恩过从甚密的陈文烛，曾在《花草新编序》一文中说："（吴承恩）生有异质，甫周岁未行时，从壁间以粉土为画，无不肖物。而邻父老命其画鹅，画一飞者，邻父老曰：'鹅安能飞？'汝忠仰天而笑，盖指天鹅云。邻父老吐舌异之，谓汝忠幼敏，不师而能也。"此文无疑虽多谬奖，且夸大其词，然而吴承恩的幼敏聪慧，天赋卓绝，文思敏捷，却被描写得十分形象传神。

其二，少有文名。

自称为吴承恩的"通家晚生"的吴国荣于万历己丑

（1582 年）作《射阳先生存稿跋》，其中说："射阳先生髫龄，即以文鸣于淮。"天启《淮安府志》称吴承恩"性敏而多慧，博极群书，为诗文下笔立成，清雅流丽，有秦少游之风"。由于吴承恩的文学才华从小闻名遐迩，所以深受其时名人的器重，相互间诗文赠和，过从甚密。除了众所周知的秦淮白下风流，当时"后七子"中的徐中行与吴承恩十分相知，陈文烛《射阳先生存稿序》记录了他们三人"论文论诗不倦"的佳话："（徐子与）过淮，访之，谓汝忠高士，当悬榻待之。而吾三人谈竹素之业，娓娓不厌，夜分乃罢。"吴承恩还得到另一位文坛领袖李维桢的推崇，称："汝忠师心匠意，不傍人门户篱落，以钓一时声誉。"吴承恩才华卓著，文名高广，常应邀为淮安父老撰写幛词、挽联、寿启、颂文、序跋、墓志铭一类应用文字，以至于淮安府内，"凡一时金石碑版嘏祝赠送之词，多出其手，荐绅台阁诸公，皆倩为捉刀人"。吴承恩之"文鸣于淮"由此可见一斑。

其三，"复善谐剧"。

吴承恩性幽默，喜鬼神，好奇闻，从小喜欢听神话故事，爱读唐人传奇小说。古人的快乐就是这么简单。他在《〈禹鼎志〉序》中自我介绍："余幼年即好奇闻，在童子社学时，每偷市野言稗史，惧为父师诃夺，私求隐处读之。"在古代社会，这"见不得人"、必须"私求隐处读之"的书当然是指言谈怪力乱神的神怪故事和不登大雅之堂的野言稗史。稍长，吴承恩就到处搜求此类材料，日积月累，集腋成裘，遂产生了创作神怪小说的强烈欲望，激发了创作潜能。这就是说，吴承恩从小就接受着神怪传奇和通俗小说的艺术熏陶，养成了"复善谐剧"的艺术兴趣，这也是他后来创作《西游记》的一大重要条件。

其四，"屡困场屋"。

吴承恩命运多舛，历尽困顿潦倒之苦，可说从没享受过"车厘子自由"。他是一位天生异质、少有文名、遍读群书的文学天才，但在科举场上却并不得意，中了一个秀才后便屡试不中。嘉靖二十年（1541 年）中岁贡（老秀才的名誉称号）时，吴承恩已是四十多岁的中年人了，这期间他的同窗和好友朱曰藩、沈坤、李春芳都先后中了举人、进士，沈坤还中了状元，李春芳不久也中了状元，后来还做了首辅（相当于宰相）。唯独享有盛名、被誉为"一第如拾芥"的吴承恩，虽然八股举业精之又精，而且有"为诗文下笔立成"的才能，却是"屡困场屋"，每次都名落孙山。吴承恩得"岁贡生"后曾入京候选；等了几年，才得了个浙江长兴县丞的八品小官，分管粮马、巡捕、税收等事。吴承恩为人生性耿直，不善奉迎，不合官场潮流，不久就遭受一场冤枉官司，银铛入狱。平反之后，又补授了"荆府纪善"的闲职。一般认为，吴承恩就是在湖北荆王府任职时创编了《西游记》。稍后就告老还乡，晚年长期过着靠卖文为生的清贫生活，且以诗酒自娱而告终，享年八十有余。

由此可知，吴承恩虽然是一个"屡困场屋"、时运不济的落拓文人，但坎坷、悲惨的人生命运，养成了吴承恩"喜笑悲歌气傲然"的性格，对现实的不平和不公产生了强烈的不满。"泥深困穷，笑骂沓至"，他生性诙谐，爱好野史奇闻，便禁不住要用游戏之笔来发泄胸中怨气，怼天怼地，所谓"不平则鸣"，作家不幸文学幸。尤为幸运的是，贫穷也没有限制他的想象力。所以，他的诗文创作，能够"师心匠意"，从不傍人门户，人云亦云（应和之作另当别论）；他的神话（怪）小说《西游记》亦不是为鬼怪写鬼怪，而是抒发抑郁愤懑，情真意切，通过神怪故事写出人间变异，以荒诞滑稽、嬉笑怒骂的方式来揭露社会的黑暗与罪恶，寓寄着"鉴戒"的深意，从而成为伟大的文学经典。

六 《西游记》有多少种不同的版本？

过去，人们对《西游记》版本的认识存在误解，以为《西游记》的版本不及《三国演义》《水浒传》《金瓶梅》和《红楼梦》丰富，关系相对简单。但是，随着研究的深入，特别是相关版本资料的渐次刊布，人们才知道情况并非如此，《西游记》版本情况的复杂性超乎想象。

文本阐释是文学研究的核心，而准确认识版本则是前提和基础，它同时还经常是检验文本阐释正确性的试金石。如果不是对版本有全面的了解，评论者很容易得出错误的结论。比如《西游记》通行本第九回写到唐僧母亲殷温娇遭水寇凌辱，恪守"饿死事小，失节事大"的古训，"毕竟（投江）从容自尽"，引起读者无限唏嘘。曾有学者以此批判吴承恩这种陈腐、落后的女性观。其实，明本《西游记》包括世本和李评本都没有这则凄惨的故事，它是清初汪澹漪《西游证道书》增插的，是"水货"，由此对吴承恩的女性观进行批评显得无的放矢。显然，这个"乌龙"正是批评者缺失版本意识的结果。

对于《西游记》，正确认识版本的意义由此可知。

1.《西游记》版本面面观

明代万历二十年（1592年），金陵世德堂《新刻出像官板大字西游记》百回本小说正式问世。由于这部作品受到历代读者的广泛欢迎，书商竞相翻刻，相继相衍，形成复杂的版本系统。据目前资料，可知现存的《西游记》主要版本有：

明代版本四种：金陵世德堂《新刻出像官板大字西游记》《李卓吾先生批评西游记》《鼎镌京本全像西游记》《唐僧西游记》；

另有简本两种：朱鼎臣《唐三藏西游释厄传》、杨致和《西游记传》。

清代版本七种：汪澹漪评本《西游证道书》、陈士斌评本《西游真诠》、张书绅评本《新说西游记》、刘一明评本《西游原旨》、张含章评本《西游正旨》、含晶子评本《西游记评注》、怀明评本《西游记记》（抄本）。

以上明清版本共十三种。

这些版本的关系复杂。如明本与清本的关系，全本与简本的关系，原本与笺评本的关系，世本与祖本（前世本）的关系，等等。它们或错综交杂，或相衔相衍，或漫漶重叠，不解其故者简直茫无头绪，即或是一些研究者也不免一头雾水。

所谓《西游记》的版本系统，特指以世本为中心，或谓在世本基础上形成的版本关系（现象），时间界限应囊括明代世本问世至当下《西游记》文本新发展的全部版本演化史。

在这里，世本以前的所谓"古版本"，例如《大唐三藏取经诗话》《西游记杂剧》《西游记平话》属于《西游记》成书问题，虽然与《西游记》祖本、底本问题有关，但从根本上说并不属于版本史的内容。同时，《西游记》的版本在当代还在继续演化，其标志是先后出现了三大通行本——人民文学出版社黄肃秋注释本（1955 年）、人民出版社李洪甫整理校注本（2013 年）和中华书局李天飞校注本（2014 年），它们显现了《西游记》版本的当代流变和文本经典化的新阶段、新成果。所以，《西游记》版本系统还理应包含当代通行本，当然还可以上溯到民国时期的各类翻刻本和新式标点本，以及诸多海外译本和少数民族语言译本。尤其是 20 世纪初期由胡适主持的上海亚东图书馆新式标点本《西游记》切不可遗漏。

这样，我理解的《西游记》版本系统是：以明代版本、清代版本、当代通行本为主体，间杂祖本与佚本、简本与繁本、评改本与原本、官刻与私刻、少数民族版本与海外译本等专题。民国时期出现的几个本子如亚东版胡适序本虽然作为翻刻本阅读价值不大，但作为版本现象依然值得注意。

下面我们择取各个时期的重要版本予以简扼的评述。

2.《西游记》诞生的标志

世德堂本是明代《西游记》版本代表。据目前版本资料，可知现存百回本《西游记》最早刊本是明代万历二十年（1592 年）金陵世德堂梓行的《新刻出像官板大字西游记》，简称世本或世德堂本。这是学界公认的最重要的《西游记》善本，当代三大通行本——人民文学出版社黄肃秋整理本（简称"人文本"）、人民出版社李洪甫校注本（简称"人民本"）和中华书局李天飞校点本（简称"中华本"）都以它为底本校勘。人文本在《关于本书的整理情况》一文中曾专门介绍它的善本"好处"，主要因为它"距作者吴承恩去世时不过十来

金陵世德堂本《西游记》书影

年"，"在今天所见到的许多刻本中，却是最早的"，因而最接近原著的面貌。

世德堂本的版本意义在于以下几个方面：

其一，作为百回本《西游记》小说诞生的标志。

《西游记》是世代累积之作，在长达千年的演化过程中产生了大量的"西游"文艺作品，体裁有话本、宝卷、变文、戏曲、小说等，我们今日所说的《西游记》特指百回本长篇章回体通俗小说，而这无疑以明代世本为最早，所以世本的刊行可说是百回本《西游记》小说诞生的标志。

值得注意的是，有学者认为世本并非初刻。因为《新刻出像官板大字西游记》书名中有"新刻"字样，意味着应该还有"旧刻"，同时，世本陈元之《刊西游记序》中有"旧有叙"之语，并且还引录了所谓"旧叙"的一节文字，那么理应还有一个"旧序本"或称"前世本"存在。

我以为，所谓"新刻"，只是书商营销用语，正如"官板"一词（世德堂是著名私家出版机构，与官刻毫无关系），所以并不能由此推出"旧刻"来。所谓"旧有叙"

也不过是陈元之借古自重，故设迷障而已，当不得真。而事实上，我们也至今未见所谓"旧刻"本或谓"旧序"本的影子。

其二，世本作为《西游记》早期版本，是比较纯粹的佛教文本。

《西游记》演绎唐代高僧玄奘大师西行取经壮举，其情节模式是一整套佛教教义体系，主要思想倾向在于重佛轻道，而文本描写充满佛光禅意。据王毅《〈西游记〉词汇研究》统计：世本《西游记》涉及佛教词汇五百六十四条，道教词汇一百八十二条，佛教内容处于压倒性地位。总之，《西游记》是一部弘扬佛法的佛教文本。当然，在长期的演化过程中，有许多道教内容不断渗透西游故事，但至世本，依旧保持着佛教文本的特质。

只是到了清代，由于道教徒大举进驻《西游记》，汪澹漪《西游证道书》、刘一明《西游原旨》等不断对文本作道教化阐释，《西游记》才开始向道教文本转化，文本道教化也成为清代《西游记》文本发展的主流。

其三，世本同时也是最早的《西游记》评本。

小说评点是中国古代小说批评的主体样式。其评点要素有《序》《读法》、回前或回后总评、眉批、夹批或旁批等。以此为参照，产生于万历前期小说评点萌芽期的世本除首置陈元之《刊西游记序》外，尚有或出于校订者"华阳洞天主人"之手的夹批。陈《序》虽短略，但言简意丰，隐寓着丰富的版本信息和文化内涵，于后世《西游记》研究影响至大；夹批至目前发现者仅八条，数量尤少（有待于进一步发现，对多处夹批误植正文的情况尤须辨析），但其意义似不止于数量，而在于一个类（序跋、读法、批注）的存在。世本有序跋，有批注，三者中占其二，作为评点的因子已基本具备，说它是《西游记》评本基本可以成立。

3.《西游证道书》为何增补"唐僧出世"故事？

《西游证道书》是《西游记》清代版本的代表。

首先，值得注意的是，《西游证道书》流行约三十年以后，由于它的翻刻本《西游真诠》的崛起，其原本随之失去流传的优势，直至最终宣告湮没不传。20世纪30年代初，孙楷第先生扬帆东渡赴日本访书，在内阁文库发现《汪澹漪评古本西游证道书》一部，"颇可惊叹"，并随即在1932年出版的《日本东京所见中国小说书目提要》中予以详细的记录。现有中华书局黄永年先生校点本流行。

《西游证道书》的版本意义有以下方面：

其一，首倡"证道"说和"邱作"说。

汪澹漪是"奉道弟子"者流，竭力倡导《西游记》为金丹大道之作。他伪托元人虞集所作《原序》重提"仙佛同源"及"收放心"之类的老调，又在其他评点文字中竭尽全力，不厌其烦地兜售金丹学说。本书《仙诗绣像》第一幅"悟彻菩提真妙理"诗云："学仙须是学天仙，唯存金丹最的端。"第十六幅"功成行满见真如"诗云："万卷仙经语总同，金丹只此是根宗。"

在第一回回评中，汪澹漪把自己的意图说得很明白：

八卦炉中逃大圣
选自清顺治刻本
《西游证道书》

"彼一百回中，自取经以至正果，首尾皆佛家之事。而其间心猿意马、木母金公、婴儿姹女、夹脊双关等类，又无一非玄门妙谛。"又在第二回回评中，汪澹漪明确把《西游记》视为道经，"即以当《道藏》全书亦可"。

为了鼓吹"证道"说，汪澹漪将《西游记》作者归为宋元间全真教邱处机。《西游记》自明中叶问世以来，作者一直佚名，明刊世本陈元之《序》谓"不知其何人所为"。至世本《西游记》问世近百年之后，汪澹漪首次将其归入邱处机名下。

关于邱处机作《西游记》一说，鲁迅曾分析说："处机固尝西行，李志常记其事为《长春真人西游记》，凡二卷，今尚存《道藏》中，惟因同名，世遂以为一书；清初刻《西游记》小说者，又取虞集撰《长春真人西游记》之序文冠其首，而不根之谈乃愈不可拔也。"揭露了汪澹漪故意将元初邱处机《长春真人西游记》游记与明代无名氏百回本《西游记》小说相混淆的把戏和真相。

其二，增补"唐僧出世"故事的经典化意义。

众所周知，凡明本《西游记》（百回本）包括以"唐僧西游记"命名的唐僧本皆不载"唐僧出世"故事，唐僧九九八十一难的前四难均告阙如。《西游证道书》则增插了所谓"陈光蕊—江流儿"故事，并宣称：这一则唐僧出世故事出于一部叫大略堂《西游记》或《释厄传》的古本，并称不载这一故事的明刊《西游记》为"俗本"。这一举动，在清代《西游记》论坛反响强烈，大家不但信以为真，而且诧为异事，以致此后各种《西游记》版本竟纷纷加以沿袭，这也成为清代《西游记》与明本不同的一大特征。

最令人惊异的是，清代唯一的一部全本即张书绅《新说西游记》的白文，它在以明代全本作为底本翻刻时，却又别出心裁地采用这则唐僧出世故事，插入孙悟空大闹三界之后，作为第九回；又将全本中原来的第九回及其后的第十至第十二等四回文字，重新调整分割成第十至第十二回三回，结果便成为清代《西游记》版本中少见的异版，扑朔迷离，使后代的《西游记》研究者对其真面目至今疑团犹存。受其影响，如1949年新中国成立后人文本系按明本校刻，本无"唐僧出世"故事，但20世纪50年代初版时竟将其收了进去，并排入正文，作为第九回，而将原第九回作为第十回往后调整；而在80年代重校时，人文本又把这则故事拉出正文之外，排在第八回后作为"附录"，并恢复了明本原貌。第3版、第4版亦然。至于其他各种现代出版的《西游记》，或入正文，或作附录，五花八门，各行其道。不解其故者简直茫无头绪，而追根溯源，实际上都是受《西游证道书》的影响。

增补唐僧出世故事的经典化功能，首先在于结构上的合理化。此举补足了主人公唐僧的出身履历，有效地加强了孙悟空大闹三界与唐僧西天取经"两截子"的衔接，增加了全书情节的完整性和结构的严密性，有使作品完璧之功。

同时，它有利于刻画唐僧的形象。唐僧虽然外表懦弱、贪生怕死，但其意志刚强，作为得道高僧具有坚毅、聪慧的内秀：他为求取真经，教化东土人民，遭九九八十一难而不改初衷，义无反顾，苦度十四寒暑，历尽艰辛，显示出一种虽九死而不悔，勇往直前的牺牲精神。而这一则唐僧出世故事似乎使我们感受到这种崇高精神的必然性：早在躁动的母腹中，他就接受了生死磨难的洗礼；甫出娘胎，唐僧即已九死一生。这就实际上铸就了唐僧坚毅刚强的深层次性格特征，也为其日后取经途中遭受九九八十一难，饱经生死考验的命运奠定了一个逻辑上的起点。所以我们才得以明白，为什么如来的难簿上将这遭贬、出胎、抛江、报冤作为前四难，大凡圣人出世，必欲苦其心志，饿其体肤，劳其筋骨，尤其应该有一个苦难的童年，唐僧之崇高精神根本就是与生俱来的。

4.《西游记》现代通行本的确立与成熟

当代《西游记》通行本共有三种，已如前述，它们各有特色，各有相应的读者群体，其递嬗也显示出《西游记》文本的当代流变和经典化的新进程。其中，人文本是最主要的当代通行本。

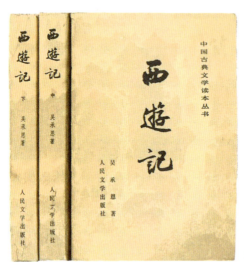

人文本《西游记》书影

　　人文本以世本为底本整理，并参考了当时所能见到的六种清代版本，于1955年初版，1980年再版，2009年第三版，2020年第四版。人文本不断自我革新，版次达到四种之多，遂使《西游记》精益求精，几臻完善，印数至今累计两千万册以上，并且一举成为近六十年来最通行、最权威和最具影响力的《西游记》版本。

　　人文本的成功，首先是缘于时代的惠赐：新中国成立以来，党和政府重视文化建设，人民文学出版社在全国范围重资聘请了各路专家，先后领衔、参与其事者黄肃秋、陈新、吴晓铃、季镇淮、魏建功、路工、王思宇诸氏皆为当代文史大家，从 1955 年初版到 2020 年第四版，历经半个多世纪，可说汇集了新中国数代《西游记》研究者的智慧和心血。

其次，则是有赖于《西游记》善本——世本（台湾故宫博物院所藏世本胶卷）的回归。世本，即明代万历二十年（1592 年）金陵世德堂《新刻出像官板大字西游记》，现存最早的《西游记》百回本小说刊本，也是最接近吴承恩原著面貌的善本，清初已告佚去，幸孙楷第 1931 年发现于日本村口书店。1932 年，经学界有识之士吁请，北平图书馆花重金购入，现藏台湾故宫博物院。人文本出版者对世本的善本价值予以充分的肯定，并进行了全面介绍和评述。世本的重要性由此为世人习知。人文本择善而从，使《西游记》文本精益求精，尤其在文字校勘、注释方面达到了很高的水平，立时成为《西游记》文本发展的主流，当下书市所见的各种《西游记》基本都是在其基础上改编翻新而来，故而对《西游记》的传播、普及功莫大焉。

七　如何整本阅读《西游记》？

"整本书阅读"是当下文学阅读的新方法、文学教育的新理念。它针对长篇著作而言。在中学，它要求超越定编教材"节选"的界限，实现对文学名著的整体观览，中学生"只读教材远远不够"。在大学，则是更高层次的拓展性阅读，其旨意一方面是深入作品整体，认识其多元价值，另一方面还要追求通过对某一部专书的整体阅读，进一步了解相关学科特征的目的。——无论是中学生，还是大学生，"整本书阅读"都是必要的。

《西游记》是一部具有奇特体制——即神话小说的文学经典，展开"整本书阅读"也有其特殊性，需要确立相应的阅读原则。

1. 神话逻辑的奥秘

阅读《西游记》，要了解其背后的先验性神话逻辑。所谓先验性逻辑，是指作品在叙述故事之前就已经确立的逻辑规定，读者必须与作者订立无条件遵循的契约，阅读才能进行。认清作品的这一"先验性"，对正确理解《西游记》具有决定性的意义。

不妨先看两个问题：

（1）为什么妖魔煞费苦心、不择手段，但总是功亏一篑吃不掉唐僧？

（2）为什么孙悟空神通广大，翻一个筋斗云十万八千里，却不能拎着唐僧一步跳到灵山？

这是历代读者挥之不去的疑问，而这些疑问离开《西游记》的神话先验性是无法理解的。

众所周知，《西游记》叙述唐僧取经，但唐僧取经的缘起有两重因素：

第一重因素：如来佛祖的第二位大弟子金蝉童子，也即唐僧的前生，因为在如来讲经时随意睡觉，遭到重罚：贬下尘世，化为佛子，经历九九八十一难，远赴西天取回真经、功德圆满之后得道成佛，重新回到佛界。其情节逻辑：犯错遭贬—历难成佛。

第二重因素：如来佛祖造下三藏真经，要拯救南赡部洲苦难中的人类。规定由人间"善信"——虔诚的佛子"苦历千山，询经万水"艰辛取回，因为他担心如果他亲自送经，众生得来太过容易，就会不加珍惜，从而"不识法门之旨要，怠慢瑜伽之正宗"。

由此我们可以明白作者的构思：

第一，如果把取经看成一则如来佛祖设计的游戏，那么唐僧就注定不能被吃掉，他必须是一步一个脚印，用脚丈量完十万八千里的取经征途，完成这出游戏。孙悟空已经入了道，进入仙班，达到了"不在五行中，跳出三界外"的长生不老境界，为何还要去拜凡人唐僧为师，听老师父唠叨念紧箍儿咒自讨苦吃？其主要原因也是出于保证唐僧顺利取经的目的，即当年观音菩萨救他出五行山时所说："你可跟他做个徒弟，保护取经，修成正果。"正可谓"百因必有果，你注定要遇上我"。

这样，我们就不难理解：孙悟空神通广大，能够腾云驾雾，踢天弄井，背着群山一路奔跑（如平顶山故事）更是小菜一碟，为何不能背起百十斤重的唐僧飞至灵山，反倒要历时十四寒暑、苦度九九八十一难。作品的先验性逻辑规定：唐僧取经的功课，既不能省略，也不能"代驾"。

第二，《西游记》的拯救主题就具有他救与自救两重流向。如来造经体现为他救的流向，唐僧取经则体现为自救的流向，九九八十一难，即是其九死而一生的必由之路。唐僧禅心坚定，为了取经虽九死而无悔，显示出人类自救的觉醒与追求，如来不断派遣"妖魔"搅局，对唐僧加压，既显示出圣哲的拯救情怀，也增加了救赎的难度。

2. 民间文学的立场

众所周知,《西游记》是一部世代累积型著作,在长达千年的演化进程中,有许多不同时代的民间艺人先后参与创作,有各种文化流向的故事单元渐次掺杂进来,并且构成相对完整、独立的情节版块。因为故事来源繁多,素材系统不一,吴承恩在创编定型时顾此失彼,在情节结构上留下诸多接榫不合、逻辑颠倒的纰漏,并不鲜见,也在所难免。这就是《西游记》作为民间文学,文字相对粗劣、"漏洞百出"的体现。

翻检《西游记》,我们可以看到这种错位——包括时间不合和逻辑颠倒——现象的广泛性。这里先例举两个小问题:

其一,关于贞观三十三年。

话说太宗入冥,崔判官开后门,他见生死簿上记载太宗皇帝于贞观一十三年当死,"吃了一惊,急取浓墨大笔,将一字上添了两画成贞观三十三年"。查历史年表，贞观一朝（627年—649年）只有二十三年，哪里有什么贞观三十三年。

其二，关于江州到底在何处。

陈光蕊状元及第官授江州知州，江州，即九江，东晋时始置州郡，以后几废几立，沿革纷繁，至唐宋时江州一直是国家最高级别的行政区划之一，白居易《琵琶行》有名句"江州司马青衫湿"即是旁证。而从《西游记》的描写看，洪江，即长江，这个没问题，"洪"与"大"同义，长江本名大江，然而附近有金山寺、焦山寺等名胜，那么这个江州又在哪里？显然是在镇江、扬州一带了。

站在民间立场看问题。崔判官为唐太宗开后门是件大事，一是受到魏徵的重托，二是他与太宗有君臣之谊，三是他冒着徇私舞弊被查处的风险。这件事必须办成。

问题是：在贞观一十三年的"一"字下面，添一画，增添阳寿十年，添两画，增添阳寿二十年。添三画、四画，则不成汉字，可以排除。添一画，太宗于贞观二十三年死去，符合"贞观二十三年"的历史真实，但似乎显得阎君小气，崔判官好不容易开一次后门，明显力度不够，不甚过瘾；添两画，太宗增添大把阳寿，崔判官很解气，读者也很过瘾，但这个贞观三十三年违背了历史真实。那么作者会怎么添加呢？

答案是添两画。为了作者这个"过瘾"和"解气"，其实也是我们读者的"过瘾"和"解气"，这个历史真实暂且顾不得了，不要也罢。它的实质，即是为了艺术审美的需要，暂且把"历史真实"放置在一边。

至于江州，更是小菜一碟，民间文学具有草根性、随意性，不必拘泥于枝末细节的合理和文字上的熨帖。因为无论江州在九江，还是在镇江，都不影响我们对唐僧出世也即九九八十一难之前四难的理解。

接下来我们重点分析一下"殷温娇奉子成婚"（怀孕时间不合）的问题。

据通行本人民文学出版社 1955 年版《西游记》第九回（1980 年再版本以下各版皆改为"附录"）"陈光蕊赴任逢灾 江流僧复仇报本"：温娇，是唐僧的母亲，"陈光蕊一江流儿"故事的真正女主角。故事梗概是这样的：

　　唐贞观年间，海州平民学子陈光蕊高中状元，与宰相之女殷温娇秦晋好合，不久又被朝廷任命为江州知州。不料陈光蕊在携妻赴任途中遭洪江水寇刘洪谋害，被杀沉江，温娇为保护腹中陈家血脉屈从于水寇，忍辱随刘洪赴任。温娇生下婴儿，血书漂江，为金山寺法明长老所救，谓之"江流儿"。十八年后，江流儿——也即陈玄奘（唐僧）长大成人，查清昔年冤案真相，遂引朝廷发兵剿灭恶党。光蕊因龙王救护不死，还阳与温娇夫妻团圆，温娇却因失身侍贼，有愧于夫君，最后"毕竟从容（投江）而尽"。

　　对于这则"陈光蕊—江流儿"故事，有好事者群起阐释，竞相标榜"发现了《西游记》的大秘密"：殷温娇婚前不贞，或曰殷温娇"奉子成婚"，主要证据：时间不合。且看他们的演绎：

　　从温娇小姐结婚的那天算起，到之官路上夫君被杀，往宽里算最多只有十八天，如按紧短的方式计算则仅八天

唐僧出世故事
选自清佚名绘《清彩绘全本西游记》附录"陈光蕊赴任逢
灾　江流僧复仇报本"

时间！而温娇小姐竟然已经确认自己怀孕。按医学常识，从受孕出现妊娠反应到确认怀孕应在四十天或四十五天以上。结论：温娇肚子里的这个小孩，是在结婚之前就已经有了，而绝对不可能是新科状元陈光蕊的。而江流儿真正的父亲呢，或谓水寇刘洪，或谓本次大唐科考的建议者魏徵，或谓《西游记》中隐居的高人、因对唱互答导致太宗入冥的一渔一樵，不一而足。

对于这样的"奇思妙想"，我真是啼笑皆非。他们完全不顾《西游记》世代累积和民间性的实际，仅凭一己之臆妄下判断。有必要予以清理和说明，扫除谬说，以正视听。

首先，这不是什么新发现的秘密。早在"五四"时期，郑振铎、孙楷第等第一批现代《西游记》研究者早已论及，并且他们发现的"秘密"更大、更多。如孙楷第先生指出，陈光蕊赶考、新婚、遇害，江流出生、报冤、主持朝廷度亡道场诸般故事，同在贞观十三年，所谓"岁在己巳"。陈玄奘从盘踞母腹、漂江婴儿，成为得道高僧，在太宗法事上登坛讲经，然后远赴西竺取经，一年等于十八年，"此宁非怪事"？郑振铎先生发现第九回与第十回两回——涉及陈光蕊之官逢盗与陈玄奘登坛讲经两个故事——开篇大段文字（即时代背景）"几乎完全是雷同的"，并直接称之为《西游记》一个不符逻辑的"大罅漏"，指出其"秘密"即在"陈光蕊—江流儿"故事的增插。与此种大幅度"穿越"相比，温娇怀孕"时间不合"只是其中一个小细节，算什么呢？简直是小巫见大巫，可以忽略不计。由此想及，大凡要公布什么"新发现"，最好先梳理一下《西游记》学术史，免得自己信心满满，实则旧话重提"炒冷饭"，做学术"啃老族"，了无新意可言还不自知。

其次，江流儿的父亲毫无疑问是陈光蕊。对此《西游记》有许多直接和确凿的证据。其中明确说"殷小姐痛恨刘贼，恨不得食肉侵皮，只因身怀有孕，未知男女，万不得已，权且勉强相从"。视刘洪为杀夫仇人，哪里有半点初恋情人的样子。玄奘寻到失散十八年的老祖母，其时她已经哭瞎了眼睛，凭耳听和双手抚摸感受到"好似我儿陈光蕊"，后来双眼复明，又立时说："你果然是我的孙子，恰和我儿子光蕊形容无二。"这是基于血缘的心理感应和情感判断，可信度百分之百。

此外，我们还看到，唐僧从不忌讳自己的身世，几度与人谈及当年父母的悲惨遭遇，有时是触景生情，主动谈及。如果曾有过这般母亲婚前失贞的往事——这在古代堪为禁忌，他必定会感到耻辱，从而会讳莫如深，岂能如此释怀淡定？"好事者"无视文本确凿描写，却费心思探究所谓"微言大义"，岂非舍近求远，本末颠倒？缺失可靠性不言而喻。

最后需要指出，今通行本《西游记》所见"陈光蕊—江流儿"故事不是吴承恩原作，而是清初汪澹漪根据前代西游作品和民间故事，所作《西游证道书》补足的。但是只不过这个情节内容本来在吴承恩原作中就已具备，由于"亵渎圣僧"的原因被世德堂本刊落了。所以我们可以看到，相比"吴氏书"原著，汪澹漪的文采要逊色不少，但它确实符合吴承恩原著的整体构思，两者精神血脉贯通吻合，并有使《西游记》结构完璧之功。这也是它能与明代世德堂本融为一体、长期流行的原因。当然，正因为它是后人增插，并非出于吴承恩之手，"温娇怀孕时间不合"之类逻辑谬误显而易见，也是可以理解的了。

后　记

这本《〈西游记〉通识》是中华书局"中华经典通识"系列中的一种。

因为定位在"通识"上，具有丛书的特殊品位与读者面向，我在小书的写法上作了一些相应的改变。

一是所叙内容追求新鲜有趣。

《西游记》长期流传，脍炙人口，对一些著名话题的解读早已过剩，所以有必要另辟蹊径，选择相对"陌生化"的人物与故事来进行品鉴与阐释，避免"炒冷饭"，防止因审美疲劳而使读者"倒胃口"。

二是文风上追求流畅清丽。

小书暂且撇下一些学术专著或是高头讲章常见的艰深晦涩气，尽可能采用通俗、清丽的文字，流畅、清晰的叙述，以营造、体现一种优雅、舒畅的文风，也让读者感受到一种曲径通幽而又豁然开朗，犹如"行到水穷处，坐看云起时"的审美氛围。

当然，这只是我的一点写作追求与尝试。希望它能够成为一本比较特别的书，一本显示个性和气质的书，以免在庞大的图书市场上"泯然众书矣"。至于效果如何，还有待读者诸君评说。

书稿完工，心情总是"累并快乐着"，复杂，难以诉说。

刚刚欣赏到徐悲鸿的一幅水墨画《卖花》，大师有题诗："清贫为本色，创作有奇能。不尽缠绵意，分与好德人。"画作与《西游记》看似无关，印象中《西游记》似乎没有女孩（包括女妖）提篮卖花的情节，但是它却能贴切地表达我此时累并快乐的复杂情感。

无疑，《西游记》是世界艺术园地的奇葩，作者吴承恩一生清贫却天赋异禀，具有无与伦比的文学奇能。我此番写作小书，也正如画中卖花女一般，把《西游记》的万般娇美和无穷魅力传递给广大读者。而题诗中的"好德人",当然可以比拟为广大喜爱《西游记》的读者朋友了。这不禁令我想起陆游的名句:"小楼一夜听春雨,深巷明朝卖杏花。"

不过,《西游记》博大精深,笔者学识浅薄,小书所能采撷者"十分而未得其一端",对这一文学经典的精髓亦"不能遍举也",敬请读者朋友谅解、教正。根据丛书体例,责任编辑费心寻得若干配图,使得本书图文并茂,颇增亮色。

小书出版之际,正逢上海新冠疫情爆发。禁不住在心中祈望:观音菩萨圣手轻拂从净瓶洒下甘露,抑或是孙悟空"金猴奋起千钧棒",顷刻之间将毒魔荡涤干净,还我山河无恙,岁月静好,人民安康,儿童少年书声琅琅。

感谢丛书主编陈引驰先生的精彩策划,中华书局贾雪飞、董洪波两位老师的辛勤工作。感谢在小书撰写、出版过程中所有帮助过我的人。

竺洪波

2022 年 3 月 30 日写于上海一品漫城小区寓所